ZUR PRAXIS DES HANDSCHRIFTENBIBLIOTHEKARS

ZUR PRAXIS DES HANDSCHRIFTENBIBLIOTHEKARS

Beiträge und Empfehlungen
der
Kommission für Handschriftenfragen

Herausgegeben
vom
Deutschen Bibliotheksinstitut

Vittorio Klostermann Frankfurt am Main

1980

ZEITSCHRIFT FÜR BIBLIOTHEKSWESEN UND BIBLIOGRAPHIE
SONDERHEFT 30

CIP-Kurztitelaufnahme der Deutschen Bibliothek

Zur Praxis des Handschriftenbibliothekars : Beitr. u. Empfehlungen d. Komm. für Handschriftenfragen / hrsg. vom Dt. Bibliotheksinst. – Frankfurt am Main : Klostermann, 1980 (Zeitschrift für Bibliothekswesen und Bibliographie : Sonderh. ; 30)
ISBN 3-465-01401-4
NE: Deutsches Bibliotheksinstitut <Berlin, West> Kommission für Handschriftenfragen; Deutsches Bibliotheksinstitut <Berlin, West>

Satz und Druck: Otto KG Heppenheim – Printed in Germany

INHALT

VORWORT

Nach dem letzten Krieg, als die meisten deutschen Bibliotheken mehr oder weniger große Verluste, gerade auch an Handschriften und wertvollen Drucken, zu beklagen hatten, als in vielen Fällen sich die Besitzverhältnisse gänzlich verändert hatten und als nahezu alle Bibliotheken in völlig unzureichenden Gebäuden untergebracht waren, galt mit Recht die Sorge der betroffenen Bibliotheken mit Handschriften- und Rarabesitz in erster Linie der Sichtung, Ordnung, Neuaufstellung und Sicherung dieser Bestände und ihrer Wiederbereitstellung für die Benutzung. Für allgemeinere, überregionale Aufgaben der Handschriftenerschließung und -verwaltung, von denen in den ersten Jahrzehnten des Jahrhunderts eine ganze Reihe, teilweise auch in größerem Rahmen wie z. B. das Gesamtkatalogisierungsprojekt, in Angriff genommen worden war, fand sich nach 1945 über viele Jahre verständlicherweise kaum Zeit und vorrangiges Interesse bei den verantwortlichen Bibliothekaren. 1957 auf dem Bibliothekartag in Lübeck wurde jedoch auf Initiative von Hans Butzmann, Ludwig Denecke und Wilhelm Hoffmann eine Arbeitsgemeinschaft innerhalb des Vereins Deutscher Bibliothekare gegründet, die sich dieser Fragen in Zukunft annehmen wollte. Sie konstituierte sich 1959 als „Kommission für Handschriftenfragen, Inkunabeln, Rara und Einbandkatalogisierung" unter dem Vorsitz von Wilhelm Hoffmann. Im Vordergrund ihrer Tätigkeit stand zunächst die Katalogisierung der mittelalterlichen und neueren Handschriften, da das Fehlen von wissenschaftlichen Handschriftenkatalogen sowohl von der Forschung als auch von den Bibliotheken selbst – auch im Hinblick auf das europäische und amerikanische Ausland – als der empfindlichste Mangel innerhalb der Wirksamkeit der deutschen Handschriftenbibliotheken angesehen wurde. Die Übernahme und ständige Förderung der Katalogisierung der abendländischen Handschriften durch die Deutsche Forschungsgemeinschaft im Jahre 1960, der sich wenige Jahre später die Unterstützung der Autographen- und Nachlaßkatalogisierung anschloß – das Katalogisierungsprogramm der orientalischen Handschriften war bereits 1958 durch Vermittlung des Fachausschusses für die Kulturen des Orients begonnen worden –, ist nicht zuletzt dem Engagement der Kommission für Handschriftenfragen zu verdanken. Auf einer von der Deutschen Forschungsgemeinschaft und der Kommission gemeinsam veranstalteten Zusammenkunft von etwa vierzig Handschriftensachverständigen in Wolfenbüttel im Januar 1962 wurden in grundlegenden Vorträgen Programm und Möglichkeiten dargelegt und in den

Diskussionen erste praktische Hilfestellungen für die Katalogisierungsarbeit erörtert. Diese Vorträge und Beiträge sind zusammen mit Nomenklaturen, Richtlinien und Empfehlungen 1963 in dem Sonderheft der Zeitschrift für Bibliothekswesen und Bibliographie: „Zur Katalogisierung mittelalterlicher und neuerer Handschriften" veröffentlicht worden.

Die Kommission für Handschriftenfragen klammerte fortan die Fragen der Handschriftenkatalogisierung aus, da der Bibliotheksausschuß der Deutschen Forschungsgemeinschaft dafür einen Unterausschuß einberufen hatte. Sie widmete sich in der Folgezeit verschiedenen Problemen der Handschriftenverwaltung, die an sie herangetragen oder von ihr selbst aufgeworfen wurden oder in den Diskussionen auf den Bibliothekartagen zur Sprache kamen, so u. a. den Fragen einer Erwerbungsabsprache, des Leihverkehrs, der Verfilmung, der Versicherung, der Ausstellungen. Mangels irgendeiner finanziellen Unterstützung konnte die Arbeit der Kommission, deren Vorsitz 1966 Hermann Knaus und 1970 Tilo Brandis übernahmen, lange Zeit nicht so entschieden gefördert werden, wie es wünschenswert gewesen wäre.

Angesichts der seit zwei Jahrzehnten stark steigenden Benutzung der Handschriften und Rarabestände sind die Fragen der Handschriftenbibliothekare an die Kommission immer dringender geworden – Fragen, die sich fast immer auf das eine Kernproblem beziehen: Schutz und Erhaltung des unersetzlichen Buchgutes bei gleichzeitig unvermindertem Angebot an die Benutzung. Dabei erwiesen sich bloße Erörterungen in öffentlichen Sitzungen auf Bibliothekartagen, deren Wichtigkeit freilich auch für die Zukunft nicht angezweifelt werden soll, als mehr und mehr unbefriedigend und unzureichend. Es wurden Empfehlungen und Bedingungen, ja konkrete Muster für Merkblätter und Bearbeitungsformulare verlangt, um auf Fragen wie z. B. „was ist zu tun, wenn gerade die kostbarsten Handschriften immer wieder neu für Ausstellungen erbeten werden?" oder „wie ist mit Verlagen zu verhandeln, die Faksimiles oder Reprints von den Rarissima der Bibliothek herstellen wollen?" vorbereitet und für deren Beantwortung gerüstet zu sein. So befaßte sich die Kommission, deren Träger 1974 die Arbeitsstelle für das Bibliothekswesen des Deutschen Bibliotheksverbandes und 1978 das Deutsche Bibliotheksinstitut wurden und die seitdem erfreulicherweise finanziell in Form von Reisegeldern unterstützt wurde, in den letzten Jahren auf vielen Arbeitssitzungen mit der Formulierung von Bedingungen und Richtlinien. Sie wurden teilweise in Bibliothekszeitschriften veröffentlicht oder in Manuskriptform an die Handschriftenbibliotheken versandt, um Kritik und Verbesserungen hervorzurufen und sie auf ihre Brauchbarkeit hin zu prüfen.

Heute ist der Zeitpunkt gekommen – wie es auch einem von vielen Seiten geäußerten Wunsch entspricht –, die bisher gewonnenen Ergebnisse einmal zusammenzufassen und in Buchform zu veröffentlichen. Der Titel nennt den Handschriftenbibliothekar; angesprochen werden soll aber auch derjenige Bibliothekar, der außer für die handschriftlichen Materialien jeder Art auch für Inkunabeln, wertvolle Drucke, Graphiken und anderes kostbares Buch- und Bildgut zuständig ist, das in Bibliotheken meist in den Handschriftenabteilungen verwahrt wird. Die Probleme sind bei allen unikalen, alten, seltenen und für museale Zwecke geeigneten Objekten dieselben, so daß eine gesonderte Behandlung der Verwaltungsfragen unzweckmäßig ist.

Die Veröffentlichung beansprucht keineswegs, den Kreis der einschlägigen Themen auch nur annähernd vollständig erfaßt zu haben. Es sind noch für zahlreiche, z. T. sehr wichtige Bereiche der Praxis des Handschriftenbibliothekars klärende, anregende und helfende Papiere, seien es Richtlinien, Merkblätter oder Formulare, zu wünschen. Zu nennen sind beispielsweise die folgenden Themen, deren Bearbeitung die Kommission sich für die kommende Zeit vorgenommen und z. T. bereits angefangen hat:

- Restaurierungsfragen aus der Sicht des Handschriftenbibliothekars,
- Fragen des Urheberrechts und des Persönlichkeitsschutzrechts,
- Fragen der Photobenutzung und der Zusammenarbeit mit der Photostelle,
- Fragen der musealen Aufgaben bzw. der Öffentlichkeitsarbeit der Bibliothek aufgrund ihrer kostbaren Bestände,
- Fragen zum Bau und zur Einrichtung von Handschriftenabteilungen und ihren Magazinen.

Bis zu einer abschließenden Bearbeitung dieser und weiterer Fragen, die auch mit ähnlichen Bemühungen im Ausland abzustimmen wären, wird jedoch noch einige Zeit vergehen, so daß es sich empfahl, die Materialien zu den bereits abgeschlossenen Komplexen vorab zu publizieren.

Mit der vorliegenden Veröffentlichung beabsichtigt die Kommission, dem Handschriftenbibliothekar ein Hilfsmittel für seine praktische Arbeit an die Hand zu geben und besonders dort Hilfestellung zu leisten, wo die angesprochenen Probleme nur gelegentlich auftreten und dementsprechend vergleichsweise wenig Erfahrung vorhanden ist. Die einzelnen Beiträge, Merkblätter und Formulare sind als Empfehlungen zu verstehen, die den besonderen Gegebenheiten jeder Bibliothek angepaßt werden können. Sie sollen helfen, für die Verwaltung der kostbarsten Bestände überall gleiche Bedingungen zugrundezulegen und damit auf der einen Seite eine bestmögliche Schonung der Objekte und auf der anderen Seite eine bestmögliche Gerechtigkeit in der Benutzung im weitesten Sinne zu erreichen.

Der Kommission gehören zur Zeit als Mitglieder an: Tilo Brandis – Berlin (Vorsitz), Karl Dachs – München, Klaus Haenel – Göttingen, Wilhelm Hoffmann – Stuttgart, Gerhardt Powitz – Frankfurt a. M., Kurt Hans Staub – Darmstadt und Bernhard Zeller – Marbach. Sie sind gemeinsam für alle nicht gezeichneten Texte verantwortlich.

Tilo Brandis
Vorsitzender der Kommission
für Handschriftenfragen
des Deutschen Bibliotheksinstituts

1. BENUTZUNG

Tilo Brandis

Die Benutzung von Handschriften und wertvollen Drucken im Handschriftenlesesaal[*]

Das Thema und seine Problematik sind in bibliothekarischen Verwaltungslehren gelegentlich genannt; ausführlichere Darstellungen gibt es jedoch m. W. nicht. Eine eingehendere Beschäftigung lohnt sich aber, da gerade bei der Benutzung des kostbarsten Bibliotheksbestandes am Ort die Polarität der beiden Grundaufgaben der Bibliothek: Bewahren und Zurverfügungstellen immer wieder deutlich hervortritt und häufig öffentlicher Kritik ausgesetzt ist. Das Referat nimmt sich deshalb zum Ziel, die mannigfaltigen Gesichtspunkte einmal geordnet zusammenzustellen. Aus der Vielzahl der an den großen und kleinen Handschriftenbibliotheken z. T. in sehr verschiedenartiger Weise geübten Praktiken sollen gewisse Mindestforderungen herausgearbeitet werden, die in jedem Fall eine Erfüllung der genannten Dienstleistungsaufgaben: Konservierung und Sicherung einerseits und Service gegenüber dem Benutzer andererseits gewährleisten. Diese Mindestforderungen sollen zur Diskussion gestellt werden und von möglichst vielen Fachkollegen auf ihre Vollständigkeit und Brauchbarkeit hin geprüft werden. Es ist vorstellbar, daß sie schließlich in kodifizierter Form von überregionalen Gremien den handschriftenbesitzenden Bibliotheken aller Größenordnungen empfohlen werden, die sie als Grundgerüst für die Formulierung ihrer bibliotheksinternen Richtlinien und Benutzungsordnungen anwenden mögen. Die betrüblichen Erfahrungen, die gerade in jüngster Zeit in vielen Bibliotheken in bezug auf Entwendung und Beschädigung unersetzlicher Bestände gemacht worden sind, beweisen zur Genüge die Notwendigkeit, den Bibliotheken die Probleme in Erinnerung zu rufen oder überhaupt erst bewußt zu machen und durch Richtlinien eine einheitliche Handhabung der Benutzung im Handschriftenlesesaal zu ermöglichen.

[*] Geringfügig überarbeitete Fassung eines Vortrags, der auf dem Seminar von LIBER (Ligue des Bibliothèques Européennes de Recherche) über „Aspekte der Verwaltung von Handschriften und wertvollen Drucken" in Wien am 13. Oktober 1977 gehalten wurde und in: Codices manuscripti 4, 1978, S. 21–24 sowie in: LIBER, Bulletin 11, 1978, S. 80–89 (Diskussionsbeiträge S. 90–93) veröffentlicht worden ist.

I. Die Bereitstellung eines Handschriftenlesesaales

Vor der Besprechung der eigentlichen Bedingungen und Vorgänge der Benutzung im Handschriftenlesesaal sei die Notwendigkeit der Bereitstellung eines eigenen Raumes überhaupt zur Diskussion gestellt.

Die Einmaligkeit, Kostbarkeit und Schonungsbedürftigkeit der Bestände bedingen – wie wohl nirgends bezweifelt wird – abgetrennte Räume, in denen eine größere Überschaubarkeit und damit eine wirksamere Sicherung als in den Räumen der allgemeinen Bücherbenutzung gewährleistet ist. Ein eigener Raum erleichtert auch die Bereitstellung besonderer Einrichtungen und die Verpflichtung auf besondere Benutzungsbestimmungen. Wenn aus örtlichen Gegebenheiten kein geschlossener Raum zur Verfügung steht, muß ein Bereich im Allgemeinen Lesesaal eingerichtet werden, der während der ganzen Benutzung voll einsehbar und gut beaufsichtigt bleibt, also etwa Tische in unmittelbarer Nähe des Aufsichtsbeamten. Wenn sich hier keine praktikable Lösung mit ausreichender Sicherheit ergibt, so sind Handschriften und wertvolle Drucke eher im Bereich der Verwaltung und unter den Augen des zuständigen Fachbeamten zur Benutzung zuzulassen als im Allgemeinen Lesesaal.

Der Handschriftenlesesaal soll der Benutzung der wertvollen Bibliotheksbestände vorbehalten bleiben; es sind aber Möglichkeiten vorzusehen, daß dort auch andere Bestände als Hilfsmittel für die Handschriftenbenutzung benutzt werden können. Der umgekehrte Fall, daß einzelne Handschriften aus welchen Gründen auch immer zur Benutzung in den Allgemeinen Lesesaal mitgegeben werden, sollte grundsätzlich ausgeschlossen werden.

Als allgemeine Forderung, die etwa in der Präambel von internen Benutzungsrichtlinien ihren Niederschlag finden könnte, ist demnach festzuhalten: Bibliotheken sollten zum Zwecke der Sicherheit abgetrennte Räume bereitstellen, die der Benutzung der Handschriften und wertvollen Drucke vorbehalten sind. In ihnen ist eine Kontrolle der Benutzung in jeder Phase möglich; eine Türkontrolle allein reicht nicht aus. In der Benutzungsordnung könnte es heißen:

Die Benutzung von Handschriften und wertvollen Drucken ist nur im Handschriftenlesesaal gestattet.

II. Die Anmeldung des Benutzers

Anders als gewöhnlich in Lesesälen für die Benutzung allgemeiner Buchbestände, in denen keine Pflicht des Benutzers besteht sich anzumelden oder sogar sich auszuweisen, sollte diese Pflicht in Handschriftenlesesälen – jedenfalls für die Benutzung der magazinierten Sonderbestände – allgemein sein. Als Grund ist wiederum vorrangig die Sicherheit der besonderen Bestände zu nennen, die eher als andere in Gefahr sind gestohlen oder beschädigt zu werden und bei denen Verluste in der Regel endgültig sind. Eine eindeutige und sichere Identifikation des Benutzers sollte deshalb sowohl während der Benutzung als auch besonders noch nachträglich gewährleistet sein.

Von den Praktiken, die bei der Anmeldung in Handschriftenlesesälen üblich sind, seien die folgenden beispielsweise aufgezählt und auf ihre Zweckmäßigkeit hin geprüft:

- Die persönliche Vorstellung beim Abteilungsleiter. Sie mag geeignet sein, einen persönlichen Eindruck des Benutzers und konkretere Vorstellungen des Benutzungszwecks zu gewinnen. Ohne eine schriftliche Fixierung der Anmeldung ist sie jedoch nicht ausreichend für einen juristisch haltbaren Nachweis des Benutzers. Außerdem dürfte sie in größeren Abteilungen kaum durchführbar sein.
- Die Führung des Benutzerbuches durch den Lesesaalbeamten ist nur zu empfehlen, wenn eine eigenhändige Anmeldung mindestens mit Unterschrift durch den Benutzer hinzutritt.
- Die eigenhändige Eintragung des Benutzers in das Besucherbuch, insbesondere, wenn sie mit Angabe der Orts- und Heimatadresse und mit Unterschrift verlangt wird, gibt der Abteilung einen brauchbaren Nachweis. Darüber hinaus müßte die Ausweisnummer festgehalten werden.
- Die Unterzeichnung eines Verpflichtungsscheins ist als Nachweis des Benutzers ähnlich wie das Besucherbuch zu beurteilen. Sie dürfte mit Zugabe der Ausweisnummer genügen.
- Die Ausstellung einer eigenen Benutzerkarte der Handschriftenverwaltung gibt Gelegenheit, sämtliche erforderlichen Daten über den Benutzer in optimaler Weise festzuhalten, bedeutet aber einen nicht unerheblichen Aufwand.

Als allgemeine Forderung stelle ich zur Diskussion, daß erstens die Anmeldung schriftlich, und zwar eigenhändig, erfolgen sollte. Die Form mag beliebig gewählt werden. Auch eine briefliche Voranmeldung kann als ausreichender Nachweis angesehen werden, während eine telephonische Bestellung und das Einreichen eines normalen Bibliotheksbestellscheins als einzige Anmeldeform unzureichend sind.

Zweitens sollte mindestens von nicht bekannten Benutzern ein Identifikationspapier (z. B. Personalausweis, Paß, Benutzerausweis der Bibliotheksleihstelle) vorgezeigt werden, dessen Nummer von der Handschriftenabteilung festzuhalten ist.

Ferner würde die Vorlage einer schriftlichen Referenz grundsätzlich der Bibliothek eine gute Sicherheit geben. Mindestens von Studenten sollte das Vorweisen eines Empfehlungsschreibens ihres Hochschullehrers verlangt werden, aus dem das Thema der Arbeit hervorgeht.

Schließlich sollte immer die Frage nach dem Benutzungszweck bei der Anmeldung gestellt werden. Von den Angaben hierzu, die festzuhalten sind, kann die Entscheidung über die Zulassung zur Benutzung wesentlich abhängen.

Die vorstehenden Forderungen beziehen sich auf die erstmalige Anmeldung eines Benutzers. Für den Nachweis wiederholter Besuche, der etwa für statistische und auch wieder für Sicherheitszwecke sinnvoll ist, dürfte sich die tägliche Neueintragung in das Besucherbuch als der praktikabelste Weg empfehlen. Die Anmeldung für die Benutzung der Lesesaalhandbibliothek, der Karteien und anderer Hilfsmittel kann und sollte unter leichteren Bedingungen erfolgen.

Zusammenfassend ist vorzuschlagen, daß zum Punkt Anmeldung eine Benutzungsordnung die folgenden Vorschriften als Minimum enthält:

Die Benutzung von Handschriften und wertvollen Drucken bedarf einer schriftlichen Anmeldung unter Vorlage eines Ausweises und mit Angabe des Benutzungszwecks. Studenten sollten eine Referenz ihres Hochschullehrers vorlegen. Der Benutzer trägt sich bei jedem Besuch des Lesesaals erneut in das Besucherbuch ein.

III. Die Zulassung des Benutzers

Objekte der Handschriftenabteilung können zur Benutzung zugelassen, eingeschränkt zugelassen oder verweigert werden. Die Gründe für eine eingeschränkte Benutzung oder Sperrung sind im allgemeinen aus dem Wert, dem Erhaltungszustand oder der Schonungsbedürftigkeit der Objekte, auch aus der Wahrung von Urheber- und Persönlichkeitsschutzrechten herzuleiten und dürften – als rechtmäßige Argumente der Bibliotheken zur Erfüllung anderer Aufgaben – kaum fundamental angefochten werden. Deposita oder Bestände, bei denen die Bibliothek selbst durch besondere Regelungen gebunden ist, können darüber hinaus Einschränkungen oder Sperrungen notwendig machen.

Problematisch bleiben hingegen die nicht selten von Handschriftenabteilungen verhängten Sperrungen in den folgenden Fällen:

- bei handschriftlichen Materialien in Form von fliegenden Blättern, z. B. Nachlässen, die noch nicht katalogisiert sind. Es heißt mit Recht, daß hier keine Möglichkeit einer Kollationierung gegeben sei, eine Sicherheit also fehle. Die Bibliotheken haben aber nach meiner Meinung die Pflicht, wenigstens eine provisorische Ordnung und Zählung durchzuführen, da eine längerfristige Sperrung der mit öffentlichen Mitteln bzw. für ein öffentliches Institut erworbenen Bestände nicht zu verantworten ist;
- bei Beständen, deren ausschließliche Einsichtnahme sich die Bibliothek selbst etwa für eine eigene Veröffentlichung vorbehält, oder schließlich
- bei Objekten, die bereits von früher gekommenen Benutzern, sei es in privaten Unternehmungen oder im Rahmen größerer wissenschaftlicher Editionen, bearbeitet werden oder bearbeitet werden sollen.

Eine rechtliche Grundlage für die letzteren Argumente dürfte kaum vorhanden und schwer nachweisbar sein.

Ebenso problematisch und juristisch anfechtbar bleibt die häufig geübte Praxis, die Genehmigung einer Benutzung von der Unterzeichnung eines Verpflichtungsscheines, der sich in der Regel auf die Abgabe von Belegexemplaren bezieht, abhängig zu machen. Ich möchte und kann an dieser Stelle nicht das Für und Wider des Verpflichtungsscheines erschöpfend darlegen, sondern nur die These vorbringen, daß er als eine Bedingung zur Zulassung ungeeignet ist. Sehr zu befürworten ist hingegen, daß er seinem Inhalt nach etwa in Form einer dringenden Bitte um Belegexemplare und – wichtiger noch – alternativ um den bibliographischen Nachweis einer neu erschienenen Arbeit erhalten bleibt.

Es könnte ferner in diesem Zusammenhang diskutiert werden, ob eine Zulassung zur Einsichtnahme grundsätzlich abzutrennen ist von einer Genehmigung für eine Veröffentlichung. Bei bestimmten Beständen dürfte es sicher zweckmäßig sein, für die Publikation einen besonderen Antrag des Benutzers zu verlangen und eine entsprechende Genehmigung der Abteilung vorzusehen.

Wenn eine uneingeschränkte Benutzung bei bestimmten Objekten nicht möglich ist, z. B. bei gefährdeten oder zu häufig verlangten mittelalterlichen Handschriften, sollten für die Zulassung verschiedene Gesichtspunkte, abgestuft nach der Wichtigkeit des Anliegens, berücksichtigt werden. Die Rangordnung sei mit den folgenden Begriffen etwa angedeutet:

- allgemeines kulturelles Interesse
- allgemeines berufliches, weiterbildendes Interesse
- berufliche Arbeit
- wissenschaftliche Arbeit im allgemeinen Rahmen
- spezielle wissenschaftliche Forschung.

In den Fällen einer Ablehnung sollte die Bibliothek auf Ersatzlösungen und Ausweichmöglichkeiten, die den Benutzungszweck in ähnlicher Weise erfüllen können, hinweisen. Anzubieten sind z. B.:

- Besichtigung bei Ausstellungen, gegebenenfalls während bestimmter Führungen
- Benutzung von Mikrofilmen, Photographien u. ä.
- Benutzung von Faksimileausgaben, Bildbänden und Editionen.

Für die Verwirklichung, Beschaffung und Bereithaltung dieser Ersatzlösungen sollte sich die Bibliothek zu einem wesentlichen Teil verantwortlich fühlen.

Die Entscheidung über eine Zulassung zur Benutzung sollte i. a. vom Abteilungsleiter oder einem zuständigen Beamten unter sorgfältiger Abwägung aller Gründe einmal vom Objekt, zum anderen vom Benutzungszweck her erfolgen.

Für die Benutzungsordnung sollen aus dem Vorstehenden die folgenden Allgemeinforderungen vorgeschlagen werden:

Die Benutzung bestimmter Handschriften und wertvoller Drucke bedarf der Genehmigung des Abteilungsleiters. Sie kann aus konservatorischen, rechtlichen und anderen Gründen eingeschränkt oder verweigert werden. Gegebenenfalls sind Reproduktionen zu benutzen.

IV. Die einzelnen Benutzungsvorgänge

1. Für die Bestellung der Magazinbestände empfiehlt sich ein eigener Leihschein, der die drei Angaben: Signatur, Datum und Name des Benutzers in jeweils zwei Abschnitten – für den Vertreter im Magazin und den Begleitabschnitt bzw. Benutzungsnachweis an der Theke – enthalten sollte. Das Betreten des Magazins und ein Umhertragen der Objekte durch den Benutzer sollten selbstverständlich verboten sein.

2. Die Anzahl der auszugebenden Objekte kann aus Sicherheits- und konservatorischen Gründen beschränkt werden. Allgemeine Empfehlungen lassen sich dafür kaum geben. Bei unübersichtlichem, losem Material sollten nur kleine Mengen dem Benutzer ausgehändigt werden, z. B. nur jeweils ein Kasten zur Zeit, damit das Rückordnen in falsche Kästen vermieden wird.

3. Die Verbuchung jeder einzelnen Benutzung ist im Interesse der Benutzer, zum Zwecke der Statistik, zum Erkennen von häufigen Benutzungen z. B. eines gefährdeten Objekts sowie besonders auch aus Sicherheitsgründen allen Bibliotheken dringend anzuraten. Sie ist auf verschiedene Weise mehr oder weniger befriedigend zu verwirklichen:

- durch Eintragung des Benutzers auf Benutzungszetteln, die dem Objekt beigefügt sind. Diese Art gibt jedem Benutzer eine unmittelbare Information über frühere Lesesaalbenutzungen des Objekts (schriftliche Anfragen und Photobenutzungen werden nicht dadurch vermittelt!), läßt aber eine Statistik sowie einen später etwa notwendig werdenden Nachweis der Benutzungen eines bestimmten Benutzers oder Tages nicht zu; sie würde außerdem das verbotene Schreiben auf und in den Objekten nahelegen;
- durch Unterzeichnung von Verpflichtungsscheinen für jedes einzelne Objekt, wobei eine mehrmalige Benutzung nicht festgehalten würde;
- durch Eintragung der jeweils am Tag benutzten Signaturen im Besucherbuch bzw. Ausleihjournal;
- durch Aufbewahren und Ordnen der Bestellscheinabschnitte;
- durch Koppelung mehrerer Verfahren, so etwa durch die (einmalige) Eintragung der bereitgestellten Signaturen in ein Ausleihjournal unter gleichzeitiger Verwendung von Leihscheinen für die Verbuchung jeder einzelnen Aushändigung und Benutzungszetteln.

4. Die Benutzer sind in geeigneter Weise nicht nur einmalig, sondern bei jeder Benutzung erneut auf die sorgfältige und schonende Behandlung der Objekte

hinzuweisen. Dies kann außer in der Benutzungsordnung auf Schildern im Lesesaal und auf den Tischen, auf auszugebenden Zetteln, auf den Bestellscheinen oder in anderer Weise geschehen. Die wichtigsten Vorschriften und Verbote sind:

- Vorschrift, die Objekte auf Pulten oder Filzunterlagen, Sonderformate und Tresorhandschriften auf besonderen Tischen zu benutzen;
- Verbot der Benutzung von Tinten- und Kugelschreibern; u. U. kann die Benutzung von Bleistiften vorgeschrieben werden;
- Verbot, in die Objekte zu schreiben, die Objekte als Schreibunterlage zu verwenden, die Miniaturen zu berühren, Pausen vom Original anzufertigen, den Buchblock und Einband gewaltsam aufzubiegen, beschriebene Zettel oder andere Gegenstände als Merkzeichen einzulegen;
- Verbot, die vorgefundene Ordnung, auch wenn sie offensichtlich unrichtig sein sollte, zu verändern.

5. Für die Rückgabe der Objekte vor der Schließung des Lesesaals sowie auch bei einem vorübergehenden Verlassen des Arbeitsplatzes sollten Regelungen mit zeitlichen Fristen nicht nur im Interesse der Sicherheit der Objekte, sondern auch der Entlastung des Benutzers, die nicht schriftlich zu erfolgen braucht, vorgesehen werden. Besonders gefährdete Objekte, z. B. Kupferstichwerke, Konvolute berühmter Autographen, sollten vor und nach der Benutzung – dann vielleicht sogar in Anwesenheit des Benutzers – kollationiert werden.

6. Für die Bestellung von Reproduktionen sollten im Lesesaal entsprechende Formulare ausliegen. Ein Formularantrag auf Herstellung und Benutzung von Reproduktionen der Abteilungsbestände sollte Hinweise enthalten, daß besonders bei älteren Werken konservatorische und bei neueren Materialien juristische Fragen zu beachten sind; gegebenenfalls sind bestimmte Reproduktionsverfahren (z. B. Xerokopien) ausdrücklich auszuschließen. Die eigenhändige Mitnahme der Objekte zur Photo- oder Kopierstelle muß grundsätzlich ausgeschlossen sein. Das eigene Photographieren sollte, wenn überhaupt, nicht allgemein gestattet sein.

Selbstverständlich müssen auch allgemeine Lesesaalvorschriften für den Handschriftenlesesaal Anwendung finden, z. B. die Regelung der Garderoben- und Taschenablage, das Verbot, im Lesesaal zu essen, zu trinken und zu rauchen, die Türkontrolle, Anordnungen zur Benutzung der Handbibliothek, der Karteien und Geräte.

Für die Benutzungsordnung ist aus der vorausgehenden Besprechung der einzelnen Benutzungsvorgänge zusammenfassend die folgende Formulierung vorzuschlagen, die von den Bibliotheken nach den örtlichen Gegebenheiten in mehreren Paragraphen zu konkretisieren sein wird:

Bei der Benutzung von Handschriften und wertvollen Drucken sind die Rege-

lungen zur Bestellung, zum wiederholten Nachweis der Benutzung, zur Rückgabe, zur Bestellung von Reproduktionen sowie die Vorschriften für eine sorgfältige und schonende Behandlung zu beachten.

V. Beratung und Hilfsmittel

Weniger für den Text einer Benutzungsordnung als für den interner Richtlinien sollen abschließend noch einige Gesichtspunkte zum Service Erwähnung finden, den der Benutzer im Handschriftenlesesaal erwarten kann. Zu den Aufgaben der Handschriftenabteilung gehören:

- die Auskunftserteilung an der Theke über Technisches, örtliche Besonderheiten, z. B. Signaturen u. ä.;
- die wissenschaftliche Beratung des Benutzers durch den Abteilungsleiter oder einen Fachbeamten;
- die Bereitstellung einer Handbibliothek mit Handschriftenkatalogen und Faksimileausgaben aus aller Welt und Standard-, Nachschlage- und Spezialwerken zur Handschriftenkunde und zu den Sammlungen der Bibliothek;
- die Bereitstellung von Spezialkatalogen und -karteien, z. B. des nach Signaturen geordneten Beleg- oder Literaturkatalogs und der Autographenkartei. Diese Kataloge und Karteien sollten in der Nähe des Personals verbleiben, da sie wesentlich auch interne Arbeitsinstrumente sind, laufend ergänzt werden müssen und in der Regel besser mit Beratung benutzt werden können;
- die Bereitstellung von einigen Geräten, angefangen von Bleistiften, Lineal und Lupe bis zur Quarzlampe, zum Mikrofilmlesegerät und zu einer Beleuchtungsplatte.

MERKBLATT
FÜR DIE BENUTZUNG VON HANDSCHRIFTEN
UND WERTVOLLEN DRUCKEN

1. Handschriften, Autographen, Nachlässe, Inkunabeln und andere wertvolle Bestände der Bibliothek können nur im Lesesaal der Handschriftenabteilung bzw. in der Nähe der Aufsicht im Lesesaal benutzt werden.
2. Für die Benutzung ist die Anmeldung auf besonderem Formular unter Angabe des Benutzungszwecks und Vorlage des Personalausweises oder Passes, gegebenenfalls auch einer schriftlichen Referenz des Hochschullehrers, erforderlich.
3. Der Benutzer trägt sich bei jedem Besuch des Handschriftenlesesaals in das Besucherbuch ein.
4. Für jede Handschrift oder Druckschrift aus den genannten Beständen ist ein eigener Bestellzettel auszufüllen und bei der Aufsicht abzugeben.
5. Bestimmte Bestandsgruppen und Einzelstücke (z. B. Tresorstücke, Objekte in gefährdetem Erhaltungszustand, Deposita) unterliegen aus konservatorischen, rechtlichen oder anderen Gründen Benutzungseinschränkungen. Die Aufsicht gibt über die jeweiligen Sonderbedingungen Auskunft.
6. Es werden für einen Benutzer zur gleichen Zeit in der Regel nur bis zu 5 Bände, von Nachlässen nur jeweils 1 Kasten und von den Tresorstücken nur jeweils 1 Band an den Arbeitsplatz ausgegeben. Feststellungen über vorhandene Schäden oder fehlende Teile sind unverzüglich der Aufsicht zur Kenntnis zu bringen.
7. Mit den ausgegebenen Objekten ist besonders sorgfältig und schonend umzugehen, da sie in der Regel einmalig und unersetzlich sind. Insbesondere ist zu beachten:
   - Alle gebundenen Handschriften und Drucke dürfen nur auf Pulten oder Filzunterlagen, Sonderformate und Tresorstücke nur auf den Tischen neben der Aufsicht benutzt werden.
   - Der Gebrauch von Tinten- und Kugelschreibern ist unerwünscht, bei der Benutzung von Miniaturenhandschriften und Graphikwerken untersagt (Bleistifte stehen leihweise bei der Aufsicht zur Verfügung).
   - Das Schreiben in und auf den Objekten sowie das Berühren des Buchschmucks und die Anfertigung von Pausen vom Original sind streng untersagt.
   - Das gewaltsame Aufbiegen enger Bände und das Einlegen von beschriebenen Zetteln oder anderen Gegenständen ist zu unterlassen.
   - Die vorgefundene Ordnung von Einzelblättern, auch wenn sie unrichtig sein sollte, darf nicht verändert werden (Hinweise werden von der Aufsicht gern entgegengenommen).

8. Bei längerem Verlassen des Arbeitsplatzes und bei Schließung des Lesesaals sind die Objekte vollständig und unversehrt bei der Aufsicht zurückzugeben. Eine Überprüfung der Objekte auf Vollständigkeit und Unversehrtheit in Gegenwart des Benutzers kann zur Auflage gemacht werden.
9. Für Bestellungen von Reproduktionen ist das ausliegende Formular zu verwenden.
10. Die Handbibliothek ist als Präsenzbibliothek frei zugänglich. Ihre Benutzung soll grundsätzlich nur im Handschriftenlesesaal erfolgen. Über die im Handschriftenlesesaal bereitstehenden Spezialkarteien und andere Hilfsmittel sowie über die vorhandenen Geräte und ihre Bedienung gibt die Aufsicht Auskunft.
11. Für jede Veröffentlichung (Edition) oder bildliche Wiedergabe von handschriftlichen Materialien ist eine Genehmigung der Handschriftenabteilung einzuholen. Für die Wahrung aller an einzelnen Objekten etwa bestehenden Urheber- und Persönlichkeitsschutzrechte trägt der Benutzer selbst die Verantwortung. Die Handschriften, Autographen und anderen Bestände sind mit ihren vollständigen Signaturen und der präzisen Angabe der besitzenden Bibliothek zu zitieren.
12. Die Handschriftenabteilung erwartet im Interesse der laufenden Dokumentation und der Information für weitere Benutzer die Überlassung von Belegexemplaren oder Sonderdrucken von allen Arbeiten über ihre Bestände. Sollte eine Abgabe nicht möglich sein, wird um Mitteilung der bibliographischen Angaben der Publikation dringend gebeten.

Antragsformular für die Benutzung

ANTRAG AUF BENUTZUNG DER BESTÄNDE
DER HANDSCHRIFTENABTEILUNG

Name: .... Vorname: ....

Beruf: ....

Heimatanschrift: ....

Anschrift am Bibliotheksort: ....

Ausgewiesen durch: .... Ausweisnummer: ....

Arbeitsvorhaben (Thema): ....

....

Referenz: ....

Das ‚Merkblatt für die Benutzung von Handschriften und wertvollen Drucken' habe ich erhalten und zur Kenntnis genommen.

....

Datum Unterschrift des Benutzers

ANTRAG
AUF HERSTELLUNG UND BENUTZUNG
VON REPRODUKTIONEN DER BESTÄNDE
DER HANDSCHRIFTENABTEILUNG

Name: ....

Anschrift: ....

....

Arbeitsvorhaben (Thema): ....

....

....

....

Signatur(en)	Blatt / Seite
....	....
....	....
....	....
....	....
....	....

Art der Reproduktion (bitte ankreuzen oder unterstreichen)

O Negativ-Mikrofilmaufnahmen (von ganzen Handschriften oder größeren zusammenhängenden Teilen aus Handschriften oder Nachlässen werden nur Positivfilme abgegeben)

O Positivfilme

O Xerokopien (nur in Ausnahmefällen möglich)

O Fotokopien Größe ... × ...

O Schwarzweißfotos Größe ... × ...

O Readerprinter-Abzüge

O Farbdias Größe ... × ...

O Farbfotos Größe ... × ...

O ....

O ....

Blatt 2

Die Reproduktionen sind ausschließlich für den persönlichen Gebrauch des Bestellers und nur für das angegebene Arbeitsvorhaben bestimmt. Sie dürfen nicht weiterreproduziert, veräußert oder weitergegeben werden.

Für jede Veröffentlichung (Edition) oder bildliche Wiedergabe von handschriftlichen Materialien ist eine Genehmigung der Handschriftenabteilung einzuholen. Für die Wahrung aller an einzelnen Objekten etwa bestehenden Urheber- und Persönlichkeitsschutzrechte trägt der Benutzer selbst die Verantwortung. Die Handschriften, Autographen und anderen Bestände sind mit ihren vollständigen Signaturen und der präzisen Angabe der besitzenden Bibliothek zu zitieren.

Die Handschriftenabteilung erwartet im Interesse der laufenden Dokumentation und der Information für weitere Benutzer die Überlassung von Belegexemplaren oder Sonderdrucken von allen Arbeiten über ihre Bestände. Sollte eine Abgabe nicht möglich sein, wird um Mitteilung der bibliographischen Angaben der Publikation dringend gebeten.

Ort: .... Datum: ....

Unterschrift: ....

2. LEIHVERKEHR

Vorbemerkung

Angesichts der seit dem letzten Krieg angestiegenen, seit den sechziger Jahren sogar sprunghaft gewachsenen und heute noch wachsenden Benutzung von Handschriften und anderem wertvollen Bibliotheksbesitz hat sich mehr und mehr eine Einschränkung des Leihverkehrs mit diesen Materialien als notwendig erwiesen. Das Anlegen strengerer Maßstäbe bei der Genehmigung von Bestellwünschen auf Handschriften und Rara läßt sich um so eher rechtfertigen und verantworten, als durch die Entwicklung der reprographischen Techniken das Arbeiten mit Kopien allgemein üblich geworden ist. Bei der Neufassung der Leihverkehrsordnung (LVO) von 1966, die für die Handschriftenverleihungen noch einen sehr weiten und z. T. undeutlich definierten Ermessensspielraum zuließ, ist von der Kommission, die 1976/77 auf Bitten des ,,Ausschusses zur Reform der LVO von 1966" für die einschlägigen Paragraphen neue Formulierungen erarbeitet und vorgeschlagen hat, der veränderten Lage Rechnung getragen worden.

Im folgenden werden aus der neuen Leihverkehrsordnung, deren Entwurf die Kultusministerkonferenz am 9. 2. 1979 zugestimmt hat und die in der kommenden Zeit von den einzelnen Bundesländern in Kraft gesetzt wird, die §§ 32–37, die die ,,Sonderbestimmungen für den Leihverkehr mit Handschriften und anderem wertvollen Bibliotheksbesitz" umfassen, und im Anschluß daran die §§ 24, 27 und 28, auf die in den Erläuterungen verwiesen wird, vollständig abgedruckt.

Auszüge aus der Leihverkehrsordnung von 1979

Sonderbestimmungen für den Leihverkehr mit Handschriften und anderem wertvollen Bibliotheksbesitz

§ 32 *Bestellung und Entleihung*

1) Handschriften, Inkunabeln, sonstige wertvolle Drucke und anderer seltener oder kostbarer Bibliotheksbesitz können nur zu Zwecken wissenschaftlicher Forschung auf begründeten Antrag ausgeliehen werden.
2) Vor jeder Bestellung ist zu prüfen, ob der Benutzungszweck nicht auch durch reprographische Wiedergaben erfüllt werden kann, ggf. ist dies bei der

Bestellung anzugeben. Die Lieferung von Reprographien richtet sich nach der Benutzungsordnung der besitzenden Bibliothek.

3) Alle Bestände von besonderem Rang (aufgrund von Alter, Inhalt, Ausstattung, Zusammensetzung, Provenienz, Einband u. ä.), insbesondere Handschriften mit Miniaturen, sind grundsätzlich von der Ausleihe ausgeschlossen.

Zu § 32,1 Die Entleihung zu besonderen Zwecken unterliegt den Bedingungen von § 27.
Zu § 32,3 Daneben gelten die Ausleihbeschränkungen des § 24.

§ 33 *Benutzungsbedingungen*

1) Der in § 32 genannte Bibliotheksbesitz wird nur an Bibliotheken verliehen, die besondere Gewähr für sichere Aufbewahrung, fachgerechte Behandlung und Benutzung unter ständiger Aufsicht bieten.
2) Die verleihende Bibliothek kann die Einhaltung zusätzlicher Benutzungsbedingungen verlangen.

Zu § 33,1 Eine Ausleihe an andere Institutionen (z. B. Archive, Museen) kann unter den Bedingungen dieser Leihverkehrsordnung vereinbart werden.
Zu § 33,2 Gefordert werden können: die Lieferung von Belegstücken, die Anerkennung von Publikationsvorbehalten. Daneben können sich Benutzungsbeschränkungen aus urheber- oder persönlichkeitsrechtlichen Gründen ergeben.

§ 34 *Anfertigung von Reproduktionen*

Reproduktionen aller Art bedürfen einer besonderen Vereinbarung mit der verleihenden Bibliothek.

§ 35 *Leihfrist*

Die Leihfrist beträgt in der Regel 3 Monate. Im übrigen gilt § 28.

§ 36 *Versand*

1) Das Leihgut wird in besonders sorgfältiger Verpackung und unter angemessener Wertversicherung getrennt von anderem Bibliotheksbesitz versandt. Über Form und Art des Versandes entscheidet die verleihende Bibliothek. Die entleihende Bibliothek ist bei der Rücksendung an dasselbe Verfahren gebunden.
2) Jeder Sendung ist auf dem Hin- und Rückweg ein Begleitschreiben beizufügen, das die Objekte genau bezeichnet, Wert und Leihfrist angibt und – soweit notwendig – auf etwaige Schäden oder fehlende Teile hinweist. Eine zweite Ausfertigung des Begleitschreibens wird mit getrennter Post versandt. Der Empfang des Leihgutes ist bei Hin- und Rücksendung umgehend zu bestätigen.

§ 37 *Schadenfeststellung*

1) Jede eingehende Sendung ist bei Empfang auf die Übereinstimmung mit den Angaben des Begleitschreibens zu prüfen.
2) Abweichungen in bezug auf Inhalt, Vollständigkeit und Erhaltung sowie während der Benutzung neu auftretende Schäden sind unverzüglich anzuzeigen.
3) Die entleihende Bibliothek ist nicht berechtigt, Schäden eigenmächtig zu beheben.

Zu § 37,2 Bei allen Schäden hat die feststellende Bibliothek dafür zu sorgen, daß Schadensersatzansprüche (z. B. durch Anzeige bei Bundespost oder Versicherung) gegen Dritte gewahrt bleiben.

§ 24 *Ausleihbeschränkungen*

1) Vom Versand nach auswärts dürfen ausgenommen werden:
   a) Werke von besonderem Wert (s. auch §§ 32ff.)
   b) Werke außergewöhnlichen Formats
   c) Loseblattausgaben und ungebundene Periodika
   d) Nicht in Buchform vorliegende Medien, die infolge ihrer Beschaffenheit durch die Versendung gefährdet werden
   e) Werke in schlechtem Erhaltungszustand
   f) Spezifische Lesesaal- und Handbibliotheksliteratur
   g) Am Ort besonders viel benutztes Schrifttum, insbesondere Bestände der Lehrbuchsammlungen.
2) Das Prinzip der Gegenseitigkeit gebietet es, Ausnahmen vom Versand auf Sonderfälle zu beschränken.
3) Die Ausnahme vom Versand ist in jedem Falle zu begründen. Die Bibliotheken sollen prüfen, ob ein Versand unter besonderen Bedingungen möglich ist; diese Bedingungen sind der Ausgangsbibliothek mitzuteilen.
4) Ist ein Versand nicht möglich, so wird der Bestellschein in der Regel an die Ausgangsbibliothek zurückgesandt. Er wird jedoch weitergeleitet, wenn die Erledigung an anderer Stelle erwartet werden kann.

Zu § 24,1 Bei Veröffentlichungen, die unter diesen Paragraphen fallen, ist statt der Verleihung die Lieferung von Kopien oder Mikroformen zu erwägen, ggf. unter Berechnung. Bestellungen aus der eigenen Leihverkehrsregion sollen im Hinblick auf die Selbstversorgung der Region und wegen der Beschränkungen des § 23 möglichst großzügig behandelt werden.

Zu § 24,1 b Spezielle Verpackungsformen oder Möglichkeiten für den Versand großformatiger Werke (z. B. Bücherauto, Spedition) sollten genutzt werden.

Zu § 24,2 Darüber hinaus besteht für die Schwerpunktbibliotheken eine besondere Verpflichtung, ihre speziellen Bestände für den Leihverkehr zur Verfügung zu stellen.

Zu § 24,3 Unter die besonderen Bedingungen fallen z. B. die Übernahme von Versicherungs- und außergewöhnlichen Versandkosten durch die Ausgangsbibliothek bzw. den Besteller (vgl. § 31).

§ 27 *Entleihungen zu besonderen Zwecken*

Literatur und anderer Bibliotheksbesitz darf zu besonderen Zwecken, z. B. für Ausstellungen oder zum Nachdruck, nur nach ausdrücklicher Vereinbarung mit der verleihenden Bibliothek verwendet werden.

Zu § 27 Dies gilt insbesondere für wertvollen Bibliotheksbesitz. Die verleihende Bibliothek kann aus Gründen der Sicherung und Erhaltung besondere Auflagen machen.

§ 28 *Leihfristen*

Die Leihfrist beträgt ausschließlich der Zeit für Hin- und Rücksendung für Monographien einen Monat, für Zeitschriften zwei Wochen. In besonderen Fällen kann die verleihende Bibliothek kürzere Fristen festsetzen. Eine Verlängerung der Leihfrist ist rechtzeitig bei der verleihenden Bibliothek zu beantragen.

Zu § 28 Kürzere Leihfristen müssen durch Einlegen eines auffälligen Friststreifens in das betreffende Buch kenntlich gemacht werden. Wird ein Verlängerungsantrag genehmigt, so ist eine Benachrichtigung nicht erforderlich. Von Verlängerungsanträgen kann bei gegenseitiger Absprache zwischen Bibliotheken abgesehen werden. Bei Verlängerungsanträgen und Mahnungen ist die Bestellnummer und die Buchsignatur anzugeben.

3. LEIHGABEN FÜR AUSSTELLUNGEN

*Vorbemerkung**

Seit dem Ende des letzten Krieges werden allerorten Ausstellungen in steigender Zahl und teilweise auch von einem Umfang gezeigt wie zu keiner Zeit vorher. In den Sog dieses Ausstellungswesens, einer Sparte des Kulturbetriebes der Gegenwart, sind auch die Bibliotheken und die von ihnen verwalteten Schätze von Jahr zu Jahr stärker geraten. Die Bibliotheken veranstalten selbst Ausstellungen aus eigenen Beständen, um dem Informationsbedürfnis der Öffentlichkeit zu genügen. Es werden aber auch laufend Bitten an sie gerichtet um Leihgaben zu Ausstellungen, als deren Veranstalter nicht nur andere Bibliotheken, sondern auch und vor allem Museen und andere staatliche und kommunale sowie private Stellen zeichnen. Der Zweck, dem diese Ausstellungen dienen, reicht von der wissenschaftlichen Dokumentation und pädagogischen Absicht bis zur reinen Repräsentation oder der Förderung des Fremdenverkehrs.

Die Formen, die das Ausstellungswesen unterdessen angenommen hat, werfen für alle Leihgeber, auch für die Bibliotheken, eine Fülle schwerwiegender Probleme auf. Rechtfertigt der Ausstellungszweck die mit jeder öffentlichen Darbietung verbundene Gefährdung eines wertvollen Objektes? Miniaturhandschriften, illustrierte Drucke, Zeitungen und andere Schriften auf säurehaltigem Papier, Autographen mit verblassenden Schriften – um nur einige Gattungen der für Ausstellungen in Frage kommenden Bibliotheksbestände zu nennen – zählen zu den gefährdetsten Kunst- und Kulturdokumenten. Wie sollen Bibliotheken den Veranstaltern von Ausstellungen, die oft genug keinerlei Erfahrung im Umgang mit Büchern als Ausstellungsgut haben, ihre Vorstellungen über deren richtige konservatorische Behandlung nahebringen? Ist es überhaupt zu verantworten, Bücher, die ja primär der wissenschaftlichen Arbeit dienen, über Monate hinweg der regulären Benutzung zu entziehen, damit eine aufgeschlagene Doppelseite in einer Vitrine gezeigt werden kann?

Während die Museen ihre Forderungen, die sie bei der Entleihung von Sammlungsstücken zu Ausstellungen erheben, längst kodifiziert haben, verfügten bislang nur ganz wenige Bibliotheken über entsprechende Anweisungen. Die Bibliotheken handelten zumeist nach den Erfahrungen ihres eigenen Hauses, wobei die Praxis der organisatorischen Abwicklung einer Ausleihe von Bibliothek

* Die Vorbemerkung und die Bedingungen, gültig für Objekte von besonderem und geringerem Wert, sind erstmals veröffentlicht worden in: ZfBB 24, 1977, S. 96–104.

zu Bibliothek ganz verschieden aussehen mag. Dies gab manchem Ausstellungsveranstalter die Möglichkeit, Bibliotheken gegeneinander auszuspielen, um seine Wünsche durchzusetzen.

Die Olympischen Sommerspiele des Jahres 1972, die in München ausgerichtet wurden, boten als kulturelles Rahmenprogramm zwei Repräsentationsausstellungen ungewöhnlichen Ausmaßes, für die die Bayerische Staatsbibliothek eine große Zahl wertvoller Handschriften, Drucke und Einbände zur Verfügung zu stellen hatte. Es erwies sich als außerordentlich schwierig, im weitgespannten Rahmen dieser Ausstellungen, in denen Objekte aus verschiedensten Werkstoffen – Gemälde, Graphiken, Holz- und Steinplastiken, Bücher usw. – gemischt dargeboten wurden, einigermaßen zuträgliche konservatorische Bedingungen für die Bibliotheksbestände durchzusetzen. Zudem führte der Umfang der Veranstaltungen zu organisatorischen Schwierigkeiten mannigfacher Art. Die zum Teil recht negativen Erfahrungen dieses Ausstellungsjahres veranlaßten die Generaldirektion der Bayerischen Staatlichen Bibliotheken, den Leiter der Handschriftenabteilung der Bayerischen Staatsbibliothek mit der Ausarbeitung juristisch verbindlicher Bedingungen für die Ausleihe von Bibliotheksbeständen zu Ausstellungen zu betrauen. Auch die Kommission für Handschriftenfragen des Vereins Deutscher Bibliothekare (VDB), die auf einer Sitzung im Dezember 1972 in Würzburg über die Erfahrungen mit den Großausstellungen des Jahres, die Ausstellung „Kunst an Rhein und Maas“ in Köln und die Olympiaausstellungen in München, beriet, schloß sich dem Wunsch nach einer schriftlichen Fixierung von Ausstellungsrichtlinien an in der Erkenntnis, daß auf diesem Gebiet eine Vereinheitlichung der Verfahrensweise der einzelnen Bibliotheken dringend erforderlich sei.

Der Bearbeiter legte der Ausarbeitung eines ersten Entwurfes die „Leihbedingungen der Bayerischen Staatsgemäldesammlungen bei Ausleihung von Kunstgegenständen für Ausstellungen“, den „Vertrag über die Leihe von Kunstwerken und anderen Sammlungsgegenständen“ der Stiftung Preußischer Kulturbesitz, den „Leihvertrag des Germanischen Nationalmuseums“ in Nürnberg, die „Richtlinien für die Beschickung von Ausstellungen“ der Staatlichen Archive Bayerns sowie die 1968 erstmals formulierten „Bedingungen für Leihgaben“ der Bayerischen Staatsbibliothek zugrunde. Als sehr wertvoll erwiesen sich auch Empfehlungen, die das Doerner-Institut, das Laboratorium für Konservierung und naturwissenschaftliche Untersuchung von Kunstwerken bei den Bayerischen Staatsgemäldesammlungen, unter dem Titel „Konservatorische Gesichtspunkte bei Graphikausstellungen“ im Jahr 1972 veröffentlicht hatte. Auch die Leihverträge großer Ausstellungen der vorausgegangenen Jahre gaben Anlaß zu wichtigen, teils positiven, teils negativen Beobachtungen. Durch die Einarbeitung dieses reichen Materials sollten die Erfahrungen großer

Institute, vor allem der im Ausstellungswesen versierten Museen, eingebracht werden. Gleichzeitig sollte gewährleistet werden, daß die neuen Leihbedingungen der Bibliothekare auf eine möglichst breite Zustimmung rechnen können und eventueller Kritik standhalten.

Der so erstellte Entwurf bildete die Diskussionsgrundlage für eingehende Beratungen in den Jahren 1973/74 in der Bayerischen Direktorenkonferenz, einem zweimal jährlich stattfindenden Treffen der Leiter der staatlichen wissenschaftlichen Bibliotheken in Bayern, und parallel dazu in der gleichen Zeit in der Kommission für Handschriftenfragen des VDB. Diese Beratungen erstreckten sich auf die organisatorischen, juristischen, konservatorischen und kulturpolitischen Aspekte und Konsequenzen des ganzen Fragenkomplexes. Durch gemeinsame Bemühungen und in gegenseitiger Anregung sind in das Regelwerk die Meinungen, Wünsche und Erfahrungen von vielen Bibliotheken mit ausstellungsgeeignetem Besitz eingegangen. Am 1. 1. 1975 wurde das Regelwerk in seiner endgültigen Fassung von der Generaldirektion der Bayerischen Staatlichen Bibliotheken für ihren Bereich als verbindlich erklärt. Nach der sinngemäßen Umformulierung jener Textstellen, die spezielle Verhältnisse in Bayern widerspiegeln, hat die Kommission für Handschriftenfragen auf ihrer Sitzung am 21. 11. 1975 in Frankfurt das Regelwerk ebenfalls verabschiedet.

Das Regelwerk besteht aus folgenden sich gegenseitig ergänzenden Papieren:

1. Bedingungen für die Überlassung von Leihgaben zu Ausstellungen (gültig für Objekte von besonderem Wert). In diesen Bedingungen, die jedem Antragsteller, der die Ausleihe entsprechender Objekte wünscht, ausgehändigt werden sollen, sind alle Forderungen bezüglich Charakter und Rechtsträger der Ausstellungen, der organisatorischen Durchführung von Entleihung, Versicherung, Haftung und Transport sowie der konservatorischen Schutzmaßnahmen zusammengefaßt.

2. Bedingungen für die Überlassung von Leihgaben zu Ausstellungen (gültig für Objekte von geringerem Wert). Hier handelt es sich um eine verkürzte Fassung des ersten Papieres, das für Objekte geringeren Wertes Anwendung finden soll. Für diese Objekte erscheinen in manchem Betracht weniger strenge Forderungen angemessen zu sein, die leichter durchsetzbar sind.

3. Antrag auf Überlassung von Leihgaben. Mit Hilfe dieses in Fragebogenform gebrachten Formblattes können vom Entleiher alle gewünschten Angaben über Zweck, Art und Organisation einer geplanten Ausstellung, die konservatorischen Sicherheitsmaßnahmen, die erbetenen Leihgaben sowie die juristisch bindende Anerkennung der eigenen Bedingungen für Leihgaben eingeholt werden.

4. Leihvertrag für ein Einzelobjekt. Dieses Formular kann verwendet werden, wenn der Entleiher kein eigenes Leihvertragsformular vorlegt oder wenn die

Bedingungen des Entleihers, die häufig auf seinem Leihformular aufgedruckt erscheinen, den Bedingungen der verleihenden Bibliothek widersprechen.

5. Leihvertrag für mehrere Objekte. Werden mehrere Objekte für eine Ausstellung angefordert, können sie zur Vereinfachung des Geschäftsganges auf diesem Kumulativleihvertrag zusammengefaßt werden.

6. Bibliotheksinternes Merkblatt für die Überlassung von Leihgaben zu Ausstellungen. In diesem Papier sind die vielfältigen Arbeitsvorgänge, die ein Verleihvorgang zu einer Ausstellung für einen Leihgeber notwendig macht, in chronologischer Abfolge zusammengestellt, um zu verhindern, daß wichtige Punkte vergessen werden.

7. Merkblatt über konservatorische Gesichtspunkte bei Graphikausstellungen. Das Doerner-Institut in München, das Laboratorium für Konservierung und naturwissenschaftliche Untersuchung von Kunstwerken bei den Bayerischen Staatsgemäldesammlungen, hat die bei Graphikausstellungen zu beobachtenden konservatorischen Gesichtspunkte (Lichtstärke, relative Luftfeuchtigkeit, Raumtemperatur, staubfreie Luft) in einem allgemein verständlichen Exposé erläutert. Da die darin erhobenen und begründeten Forderungen ohne Einschränkungen auch für Bibliotheksgut gültig sind, kann das Exposé dazu dienen, Ausstellungsveranstaltern die konservatorischen Bedingungen für die Überlassung von Leihgaben verständlich zu machen.

Mit der Veröffentlichung der „Bedingungen für die Überlassung von Leihgaben zu Ausstellungen" und der dazugehörigen Formulare und Merkblätter soll den Bibliotheken eine Erleichterung bei der erfahrungsgemäß immer sehr arbeitsintensiven Behandlung von Ausleihwünschen geboten, die dringend notwendige einheitliche Verhaltensweise der Bibliotheken gegenüber Ausstellungsveranstaltern angebahnt und ein Beitrag zum konservatorischen Schutz des den Bibliotheken anvertrauten Kulturgutes geleistet werden.

BEDINGUNGEN FÜR DIE ÜBERLASSUNG VON LEIHGABEN ZU AUSSTELLUNGEN (GÜLTIG FÜR OBJEKTE VON BESONDEREM WERT)

Die Handschriften und Drucke der Bibliothek NN dienen, auch wenn sie museale Ansprüche erfüllen, bestimmungsgemäß wissenschaftlichen Zwecken und beruflicher Arbeit und Fortbildung. Bei Ausstellungen kann nur eine Doppelseite oder der Einband eines Buches gezeigt werden, das damit in seiner Gesamtheit auf längere Zeit der regulären Benutzung entzogen wird. Daher können Bibliotheksbestände nur in besonders begründeten Fällen als Leihgaben in Ausstellungen gegeben werden. Handschriften und Drucke, insbesondere solche mit farbigen Illustrationen, zählen zu den licht- und klimaempfindlichsten Kulturdokumenten. Sie werden verschlossen in verdunkelten Magazinen aufbewahrt und in der Regel nur kurzfristig zur Einsicht vorgelegt. Eine Darbietung in Ausstellungen über Wochen und Monate hinweg bedeutet für sie eine akute Gefährdung und verkürzt auch ihre Lebensdauer. Die Bibliothek erwartet daher Verständnis dafür, daß sie strenge Auflagen für die Konservierung ihrer Leihgaben machen muß, um das Risiko von Beschädigung auf ein Minimum zu reduzieren.

1. *Charakter der Ausstellung*
   Leihgaben können nur für Ausstellungen mit kulturell-wissenschaftlichem Zweck zur Verfügung gestellt werden. Die Beteiligung an Ausstellungen, die länger als drei Monate dauern, ist grundsätzlich ausgeschlossen, desgleichen an Mammut- und Wanderausstellungen.
2. *Auswahl der Schaustücke*
   Die Zahl der Leihwünsche soll auf ein wirklich notwendiges Maß beschränkt werden. Der Antragsteller sollte prüfen, ob der spezielle Ausstellungszweck durch Lieferung oder Ausleihe von Fotos, Farbdias usw. nicht ebenso erreicht werden kann.
3. *Rechtsträger*
   Der Träger der Ausstellung muß die Gewähr dafür bieten, die Ausstellung nach den hier niedergelegten Bedingungen durchzuführen und alle aus dem Leihvertrag entstehenden finanziellen Verpflichtungen zu erfüllen. Die für die Durchführung der Ausstellung verantwortlichen Personen sind zu benennen.
4. *Antrag auf Entleihung*
   Der Antrag auf Entleihung ist schriftlich vom Träger der Ausstellung an die Bibliothek zu stellen. Es wird gebeten, darin die gewünschten Leihgaben einzeln und bibliographisch genau aufzuführen und Angaben über Dauer und Örtlichkeit der Ausstellung sowie über Umfang und Zusammensetzung des Ausstellungsgutes zu machen. Desgleichen ist das Einverständnis mit den hier niedergelegten Bedingungen für Leihgaben zu Ausstellungen zu erklären.

5. *Sicherheits- und Konservierungsmaßnahmen*
   Die Ausstellungsräume müssen gegen Feuer, Wasser, Diebstahl und Einbruch zureichend gesichert sein. Entsprechende Sicherungsmaßnahmen sind zu erläutern.
   Die Darbietung des Bibliotheksgutes darf grundsätzlich nur in verschlossenen und staubdichten Vitrinen erfolgen.
   Die relative Luftfeuchtigkeit in den Ausstellungsräumen muß um 50% liegen. Die Temperatur sollte nicht wesentlich über 20° hinausgehen.
   Wenn die Kostbarkeit der Objekte es erfordert, sind beide Werte durch geeichte Thermohygrographen zu überwachen. Die regelmäßige Vorlage von Meßblättern kann unter Umständen zur Auflage gemacht werden.
   Die Beschickung von Mischausstellungen ist nicht möglich, wenn sich ein für das Bibliotheksgut zuträgliches Raumklima nicht schaffen läßt.
   Die Beleuchtungsstärke auf Miniaturhandschriften, Drucken mit Graphik und auf säurefraßgefährdetem Papier des 19. und 20. Jahrhunderts darf 50 Lux, die auf anderem Bibliotheksgut 100 Lux nicht überschreiten. Die Leihgaben der Bibliothek sollen tunlichst bei künstlicher Beleuchtung durch Lichtquellen mit möglichst geringem Ultraviolettanteil gezeigt werden. Direktes Tageslicht ist fernzuhalten. Außerhalb der Besichtigungszeiten sind die Leihgaben abzudecken, soweit nicht der Raum im ganzen verdunkelt wird.

6. *Umgang mit den Leihgaben*
   Die Leihgaben dürfen nur für den bewilligten Zweck in Anspruch genommen werden und sind mit größter Vorsicht zu behandeln. Eine Benutzung durch Dritte ist nicht gestattet. Es dürfen keine Eingriffe oder Restaurierungsarbeiten vorgenommen werden. Auch das eigenmächtige Entfernen von besonderen Sicherungen (z. B. Rahmen, Verglasung) ist zu unterlassen. Der Auf- und Abbau der Leihgaben soll grundsätzlich durch einen Buchrestaurator oder ausstellungserfahrenen Bibliothekar erfolgen. Steht ein solcher am Ausstellungsort nicht zur Verfügung, so kann die Beteiligung eines Mitarbeiters der Bibliothek beim Auf- und Abbau zur Bedingung gemacht werden. Jede Beschädigung oder Veränderung im Zustand der Leihgaben ist unverzüglich mitzuteilen.
   Der Verleiher ist berechtigt, sich jederzeit, auch während des Auf- und Abbaus der Ausstellung, durch Kontrollen vom ordnungsgemäßen Zustand seiner Leihgaben und der Einhaltung seiner Vorschriften zu überzeugen. Die Leihgaben können in begründeten Fällen jederzeit zurückgezogen werden.

7. *Fotografische Dokumentation*
   Jedes auszuleihende wertvolle Objekt muß fotografisch dokumentiert sein. Sollte das Objekt im Fotoarchiv der Bibliothek noch nicht vertreten sein, wird die Neuaufnahme in der bibliothekseigenen Fotostelle oder durch einen von der Bibliothek beauftragten Fotografen durchgeführt, in der Regel auf Kosten des Leihnehmers.

Fotografische Aufnahmen oder Kopien aller Art während der Ausstellung, auch Film- und Fernsehaufnahmen, bedürfen der ausdrücklichen Genehmigung durch die Bibliothek.

8. *Kennzeichnung der Leihgaben und Katalog*
In der Ausstellung, im Katalog und bei sonstigen Veröffentlichungen ist die Bibliothek als Leihgeber anzugeben, im Katalog zusätzlich die Signatur der Stücke. Falls ein Katalog oder Plakat für die Ausstellung erscheint, verpflichtet sich der Entleiher, der Bibliothek unmittelbar nach Erscheinen zwei Freiexemplare zu übersenden.

9. *Leihvertrag*
Über die Entleihung ist ein schriftlicher Vertrag abzuschließen. Soweit Bedingungen auf Leihformularen, die vom Entleiher vorgelegt werden, den Ausleihbedingungen der Bibliothek widersprechen, sind sie unwirksam.

10. *Transport*
Die Kosten für Verpackung, Transport und zollamtliche Abfertigung der Leihgaben sowie evtl. Dienstreisekosten für die Begleitung der Transporte und die Überwachung von Auf- und Abbau durch einen Mitarbeiter oder Restaurator der Bibliothek trägt der Entleiher. Die Überbringung durch Kurier kann bei besonders empfindlichen oder kostbaren Stücken zur Auflage gemacht werden.

11. *Versicherung und Haftung*
Die Leihgaben sind vom Zeitpunkt des Verlassens der Bibliothek bis zu ihrer Rückkehr in die Bibliothek („von Nagel zu Nagel") auf Kosten des Entleihers bei einer leistungsfähigen Versicherungsgesellschaft gegen alle Risiken zu versichern. Jedes Objekt wird dabei einzeln aufgeführt. Die Versicherungsgesellschaft ist vor dem Versicherungsabschluß der Bibliothek namhaft zu machen. Die Versicherungswerte werden von der Bibliothek nach den zur Zeit des Versicherungsabschlusses üblichen Handelswerten festgesetzt. Im Schadensfalle gilt der Eigentümer der Leihgaben als der Begünstigte, d. h. die bei etwaigen Schäden fällige Versicherungssumme ist unmittelbar an den Eigentümer der Leihgaben zu zahlen.
Der Entleiher erklärt sich mit den von der Bibliothek festgesetzten Versicherungswerten einverstanden und verpflichtet sich zum Schadenersatz bis zur Höhe dieser Werte auch insoweit, als der Anspruch über die Verpflichtung der Versicherungsgesellschaft hinausgeht (z. B. kommen Versicherungsgesellschaften für Bearbeitungsschäden nicht auf). Der Entleiher haftet auch für Schäden, die erst nach der Rückgabe in Erscheinung treten. Gerichtsstand ist der Sitz der verleihenden Bibliothek.

12. *Zusätzliche Vereinbarungen*
Der besondere Wert einzelner Leihgaben, ihr Erhaltungszustand, bestehende Urheberrechte oder Rechte Dritter können zusätzliche Vereinbarungen notwendig machen.

BEDINGUNGEN FÜR DIE ÜBERLASSUNG VON LEIHGABEN ZU AUSSTELLUNGEN (GÜLTIG FÜR OBJEKTE VON GERINGEREM WERT)

Die Handschriften und Drucke der Bibliothek NN dienen bestimmungsgemäß wissenschaftlichen Zwecken und beruflicher Arbeit und Fortbildung. Ihre Darbietung in Ausstellungen entzieht sie der regulären Benutzung und gefährdet ihre Erhaltung. Die Bibliothek bittet daher um Verständnis dafür, daß sie nur in besonders begründeten Fällen Leihgaben für Ausstellungen zur Verfügung stellen kann und strenge konservatorische Auflagen machen muß.

Leihgaben können nur für Ausstellungen mit kulturell-wissenschaftlichem Zweck gegeben werden, jedoch grundsätzlich nicht für Ausstellungen, die länger als drei Monate dauern, oder für Mammut- und Wanderausstellungen.

Der Rechtsträger der Ausstellung muß die Gewähr für eine korrekte Durchführung der Ausstellung bieten. Die für die Durchführung der Ausstellung verantwortlichen Personen sind zu benennen.

Der Antrag auf Entleihung ist schriftlich zu stellen. Neben der Spezifizierung der gewünschten Leihgaben muß er Angaben über Dauer und Örtlichkeit der Ausstellung sowie über Umfang und Zusammensetzung des Ausstellungsgutes enthalten.

Die Ausstellungsräume müssen gegen Feuer, Wasser, Diebstahl und Einbruch zureichend gesichert sein. Die Darbietung von Bibliotheksgut darf nur in verschlossenen Vitrinen erfolgen.

Zum konservatorischen Schutz der Leihgaben ist ein Büchern zuträgliches Raumklima zu schaffen (relative Luftfeuchtigkeit um 50%) und Schädigung durch Licht zu vermeiden (kein direktes Tageslicht, Beleuchtungsstärke nicht über 100 Lux; verdunkelte Räume außerhalb der Öffnungszeiten).

Leihgaben dürfen nur für den bewilligten Zweck in Anspruch genommen werden. Eine Benutzung durch Dritte ist nicht gestattet. Eingriffe und Restaurierungsarbeiten sind nicht zulässig. Der Auf- und Abbau ist Personen zu übertragen, die im konservatorischen Umgang mit Büchern Erfahrung besitzen. Fotografische Aufnahmen jeder Art, auch für Film und Fernsehen, bedürfen der ausdrücklichen Genehmigung.

Alle Kosten für Verpackung, Transport und zollamtliche Abfertigung der Leihgaben trägt der Entleiher.

Die Leihgaben sind vom Zeitpunkt des Verlassens der Bibliothek bis zu ihrer Rückkehr in die Bibliothek („von Nagel zu Nagel") auf Kosten des Entleihers bei einer leistungsfähigen Versicherungsgesellschaft gegen alle Risiken zu versichern. Jedes Objekt wird dabei einzeln aufgeführt. Die Versicherungsgesellschaft ist vor dem Versicherungsabschluß der Bibliothek namhaft zu machen. Die Versicherungswerte werden von der Bibliothek nach den zur Zeit des Versicherungsabschlusses üblichen Handelswerten festgesetzt. Im Schadensfalle gilt der Eigentümer der Leihgaben als der

Begünstigte, d. h. die bei etwaigen Schäden fällige Versicherungssumme ist unmittelbar an den Eigentümer der Leihgaben zu zahlen.
Der Entleiher erklärt sich mit den von der Bibliothek festgesetzten Versicherungswerten einverstanden und verpflichtet sich zum Schadenersatz bis zur Höhe dieser Werte auch insoweit, als der Anspruch über die Verpflichtung der Versicherungsgesellschaft hinausgeht (z. B. kommen Versicherungsgesellschaften für Bearbeitungsschäden nicht auf). Der Entleiher haftet auch für Schäden, die erst nach der Rückgabe in Erscheinung treten. Gerichtsstand ist der Sitz der verleihenden Bibliothek.
Besonderheiten (z. B. Erhaltungszustand, bestehende Urheberrechte oder Rechte Dritter) können zusätzliche Vereinbarungen notwendig machen.

ANTRAG AUF ÜBERLASSUNG VON LEIHGABEN

1. Titel der Ausstellung: ....

   ....

2. Dauer der Ausstellung: ....
3. Ort und Gebäude: ....

   ....

4. Zweck der Ausstellung: ....
5. Rechtsträger der Ausstellung: ....

   ....

6. Für die Durchführung der Ausstellung verantwortliche Personen: ....

   ....

   ....

   ....

7. Gesamtzahl der Ausstellungsstücke: ....
8. Zusammensetzung des Ausstellungsgutes nach Gattungen: ....

   ....

   ....

9. Angaben, wie ein günstiges Raumklima für Bibliotheksbestände gewährleistet wird (gilt insbesondere für Mischausstellungen, die für verschiedenartige Objekte verschiedenartiges Raumklima benötigen):

   ....

   ....

   ....

10. Angaben über die Sicherungsmaßnahmen, insbesondere gegen Einbruch und Diebstahl: ....

    ....

    ....

11. Gewünschte Leihgaben (präzise bibliographische Angaben erbeten)

Objekt:	Bibliothekssignatur:
....	....
....	....
....	....
....	....
....	....
....	....
....	....
....	....
....	....
....	....
....	....
....	....
....	....
....	....

12. Die Leihgaben werden gewünscht für die Zeit

vom: .... bis zum: ....

Die ‚Bedingungen für die Überlassung von Leihgaben zu Ausstellungen' sind mir bekannt, und ich erkläre mich mit ihnen als haftpflichtiger Entleiher einverstanden.

....

Ort und Datum Der Entleiher

LEIHVERTRAG

Die Bibliothek NN

verleiht an: ....

für die Ausstellung: ....

Dauer der Ausstellung: ....

für die Zeit vom: .... bis zum: ....

Bezeichnung der Leihgabe: ....

Ort (bzw. Region) und Jahr (bzw. Zeit): ....

Signatur: ....

Material und Technik: ....

Maße in cm: ....

Erhaltungszustand: ....

....

Versicherungswert: ....

Die Versicherung wird abgeschlossen durch – den Verleiher – den Entleiher – auf Kosten des Entleihers bei:

....

Der Verleiher gibt die Erlaubnis zur Abbildung des Gegenstandes im Ausstellungskatalog nach seiner Aufnahme: Ja – Nein

Der Verleiher gibt die Erlaubnis zu Foto- und Fernsehaufnahmen während der Ausstellung: Ja – Nein

Bedingungen für den Transport: ....

Für die Entleihung gelten die ‚Bedingungen für die Überlassung von Leihgaben zu Ausstellungen'. Sie werden vom Entleiher ausdrücklich anerkannt.

....	....
Ort und Datum	Unterschrift des Verleihers
....	....
Ort und Datum	Unterschrift des Entleihers

Die Übernahme der Leihgaben in ordnungsgemäßem Zustand bestätigt:

....	....
Ort und Datum	Unterschrift des Entleihers

Den Rückempfang der Leihgaben in ordnungsgemäßem Zustand bestätigt:

....	....
Ort und Datum	Unterschrift des Verleihers

Leihvertragsformular für mehrere Objekte

LEIHVERTRAG

Die Bibliothek NN
verleiht an: ....
für die Ausstellung: ....
Dauer der Ausstellung: ....
für die Zeit vom: .... bis zum: ....
die auf der Anlage verzeichneten Gegenstände.
Gesamtversicherungswert: ....
Die Versicherung wird abgeschlossen durch – den Verleiher – den Entleiher – auf Kosten des Entleihers bei:

....

Der Verleiher gibt die Erlaubnis zur Abbildung der Gegenstände im Ausstellungskatalog nach seinen Aufnahmen: Ja – Nein

Der Verleiher gibt die Erlaubnis zu Foto- und Fernsehaufnahmen während der Ausstellung: Ja – Nein

Bedingungen für den Transport: ....

Für die Entleihung gelten die ‚Bedingungen für die Überlassung von Leihgaben zu Ausstellungen'. Sie werden vom Entleiher ausdrücklich anerkannt.

....	....
Ort und Datum	Unterschrift des Verleihers
....	....
Ort und Datum	Unterschrift des Entleihers

Die Übernahme der Leihgaben in ordnungsgemäßem Zustand bestätigt:

....	....
Ort und Datum	Unterschrift des Entleihers

Den Rückempfang der Leihgaben in ordnungsgemäßem Zustand bestätigt:

....	....
Ort und Datum	Unterschrift des Verleihers

Blatt 2

Anlage zum Leihvertrag zwischen der Bibliothek NN
und ....
vom ....

Liste der Leihgaben

Nr.	Bezeichnung der Leihgaben Mängel im Erhaltungszustand sind jeweils anzugeben	Signatur	Versicherungswert

BIBLIOTHEKSINTERNES MERKBLATT FÜR DIE ÜBERLASSUNG VON LEIHGABEN ZU AUSSTELLUNGEN

1. Werden Ausleihwünsche für Ausstellungen an die Bibliothek NN herangetragen, ist dem Antragsteller eine Kopie der ‚Bedingungen für die Überlassung von Leihgaben zu Ausstellungen' (bei großen und wertvollen Stücken die Fassung ‚für Objekte von besonderem Wert', sonst die Kurzfassung ‚für Objekte von geringerem Wert') auszuhändigen, desgleichen der ‚Antrag auf Überlassung von Leihgaben', der vom Antragsteller ausgefüllt und unterzeichnet zurückzugeben ist. Enthält bereits das erste Schreiben des Antragstellers alle gewünschten Angaben, genügt anstatt des ausgefüllten Antrages eine Einverständniserklärung mit den ‚Bedingungen für die Überlassung von Leihgaben zu Ausstellungen'.
2. Vor der Zusage der gewünschten Leihgaben ist sorgfältig zu prüfen, ob Zweck, Organisationsform und technische Einrichtungen der geplanten Ausstellung eine Beschickung rechtfertigen.
3. Desgleichen sind vor der Zusage die angeforderten Stücke daraufhin zu untersuchen, ob ihr Erhaltungszustand eine Verleihung erlaubt. Die zu häufige Anforderung des gleichen Stückes kann aus konservatorischen Gründen bereits eine Ablehnung der Verleihung angezeigt erscheinen lassen.
4. Bei geplanten Großausstellungen empfiehlt es sich, mit anderen Bibliotheken, die vermutlich auch als Leihgeber angesprochen worden sind, Verbindung aufzunehmen, um ein einheitliches Verhalten kollegial abzusprechen.
5. Die Versicherungswerte der Leihgaben sind nach dem heutigen Marktwert festzulegen. Auch wenn der Entleiher den gleichen Unterhaltsträger hat und von der Versicherungspflicht entbunden ist, ist es erforderlich, den Wert festzustellen.
6. Bereits mit der Zusage der Leihgaben sind dem Entleiher die Versicherungswerte und der gewünschte Modus des Versicherungsabschlusses mitzuteilen, desgleichen eventuelle Sonderbedingungen für die konservatorische Behandlung einzelner Leihgaben.
7. Schäden an den Leihgaben (z. B. defekte Einbände, lose Blätter) müssen unbedingt vor der Herausgabe restauriert werden.
8. Soweit keine fotografische Dokumentation für die Leihgaben vorliegt, muß von jedem Stück vor der Herausgabe ein Schutzfilm angefertigt werden; bei Miniaturhandschriften sind desgleichen Schwarz-Weiß-Planfilme und nach Möglichkeit Farbdias (13×18 cm) von allen künstlerisch bemerkenswerten Seiten erforderlich.

9. Bei größeren Ausstellungen legt der Entleiher in der Regel vorgedruckte Ausleihformulare (Leihverträge) vor. Es ist angebracht zu überprüfen, ob die darauf abgedruckten rechtlichen Feststellungen den Ausleihbedingungen der entleihenden Bibliothek entsprechen. Bei eventuellen Abweichungen ist der Entleiher auf deren Ungültigkeit hinzuweisen.
   Werden keine Ausleihformulare vorgelegt, können die bibliothekseigenen zur Verfügung gestellt werden (für große Stücke das Leihvertragsformular für ein Einzelobjekt, sonst der Kumulativleihvertrag).

10. Zu überprüfen ist auch, ob der Entleiher die Leihformulare (Leihverträge) korrekt (z. B. richtige Signaturen!) und vollständig ausgefüllt hat. Fehlende Angaben, die dem Entleiher nicht bekannt sind, sind nachzutragen. Die Spalten über Erhaltungszustand und Versicherungswert, die Art des Versicherungsabschlusses, die Reproduktion im Katalog, die Foto- und Fernsehaufnahmen sowie die Transportbedingungen sind auf jeden Fall von der entleihenden Bibliothek selbst auszufüllen.

11. Von jedem Leihvertrag sind in der Regel mindestens drei Ausfertigungen erforderlich, eine für den Verleiher, eine für den Entleiher und die dritte zur Vorlage bei der Anmeldung zur Versicherung. Weitere Ausfertigungen können u. a. benötigt werden für die Transportgesellschaft und den Zoll.

12. Wenn die Leihgaben vom Entleiher versichert werden, ist vor ihrer Herausgabe die Vorlage einer Kopie der Versicherungspolice bzw. eine Deckungszusage zu verlangen.

13. Verfügt die entleihende Bibliothek über eine Generalpolice bei einer Versicherungsgesellschaft, sollte auf jeden Fall über diese die Anmeldung der Leihgaben zur Versicherung erfolgen. Die Rechnungsstellung ergeht dabei an den Entleiher.

14. Die Übernahme der Leihgaben sowie deren im Leihvertrag festgehaltenen Erhaltungszustand hat der Entleiher bzw. der von ihm beauftragte Empfänger (Kurier, Transportgesellschaft usw.) mit Datum und Unterschrift auf dem Leihvertrag oder sonst auf gültige Weise zu bestätigen.

15. Auf eine sorgfältige Verpackung der Leihgaben ist zu achten. Werden die Leihgaben einem öffentlichen Verkehrsmittel anvertraut oder handelt es sich um wertvolle Stücke, ist die Einschaltung einer auf den Transport von Kunstwerken spezialisierten Firma angezeigt.

16. Bei Transporten ins Ausland läßt man günstigerweise die zollamtliche Abfertigung im Haus gleichzeitig mit der Verpackung durch die Transportfirma vornehmen. Die Transportfirma soll dabei von sich aus die hausinterne Zollabfertigung in die Wege leiten.

17. Es ist geraten, die ordnungsgemäße Darbietung und gute konservatorische Betreuung besonders wertvoller Leihgaben in der Ausstellung nach Möglichkeit selbst zu überprüfen; ansonsten ist ein Urteil darüber durch einen Beauftragten einzuholen. Sind Mängel in der Darbietung festzustellen, ist der Entleiher sofort zu benachrichtigen und auf die Abstellung der Mängel zu verpflichten.
18. Bei der Rückgabe der Leihgaben ist deren Erhaltungszustand Stück für Stück nach den Angaben im Leihvertrag zu überprüfen. Eventuell aufgetretene Schäden sind sofort beim Entleiher zu reklamieren und bei der Versicherung anzumelden. Der ordnungsgemäße Empfang der Leihgaben ist mit Datum und Unterschrift auf dem Leihvertrag oder sonst auf gültige Weise zu bestätigen.

MERKBLATT
ÜBER KONSERVATORISCHE GESICHTSPUNKTE
BEI GRAPHIKAUSSTELLUNGEN
zusammengestellt
vom Doerner-Institut München

Graphische Blätter und besonders Aquarelle zählen zu den lichtempfindlichsten Kunstwerken. Sie sollten deshalb stets in der Dunkelheit von Mappen und Schränken aufbewahrt und nur zur Betrachtung kurzzeitig hervorgeholt werden. Das Ausstellen von Graphik verkürzt auf jeden Fall deren Lebensdauer.
Durch Licht verblassen bei farbiger Graphik die Farben, gleichzeitig vergilbt das Papier und büßt seine Festigkeit ein. Belichtungsversuche im Doerner-Institut haben gezeigt, daß verschiedene Aquarellfarben bereits nach 200000 Lux-Stunden Beleuchtung mit Glühlampenlicht deutlich ausbleichen. Lux ist die Einheit der Beleuchtungsstärke auf dem beleuchteten Objekt. Luxwerte sind nur schwer zu schätzen, sie müssen mit einem Lux-Meßgerät bestimmt werden (eine normale Glühlampe von 100 Watt ergibt z. B. im Abstand von 1 m eine Beleuchtungsstärke von etwa 150 Lux). Die Beleuchtungsstärke hängt von Art und Wattzahl der Lichtquelle sowie vom Abstand des beleuchteten Objektes ab.
Die Angabe Lux-Stunde bezeichnet die Lichtmenge, also Beleuchtungsstärke × Zeit. 200000 Lux-Stunden sind z. B. erreicht bei 1000 Stunden Beleuchtung und 200 Lux Beleuchtungsstärke oder bei 100 Stunden und 2000 Lux usw.
In der Praxis bedeutet dies ein merkliches Verblassen von Aquarellen, wenn diese z. B. etwa 62 Tage lang der Beleuchtungsstärke von 400 Lux ausgesetzt sind und man pro Tag eine Beleuchtungsdauer von 8 Stunden zugrunde legt. (400 Lux wurden als Mittelwert bei mehreren Graphikausstellungen auf den Blättern gemessen.) Bei gleicher Beleuchtungsstärke verblassen die Farben im Tageslicht wegen des höheren Blau- und Ultraviolettanteils noch etwas rascher.

Für kurzzeitige Ausstellungen von Graphik sollten deshalb folgende *Lichtschutzmaßnahmen* getroffen werden, um Schäden durch Licht auf das unvermeidbare Mindestmaß zu beschränken:
Die Beleuchtungsstärke auf den Blättern sollte so niedrig wie möglich sein und keinesfalls 50 Lux überschreiten. Bei der Ausstellung in einem dunklen Raum erscheinen wegen der Adaption des Auges die Blätter auch unter schwacher Beleuchtung ausreichend hell. In London (Ausstellung der Raffael-Kartons) und im Rijksmuseum in Amsterdam wird diese Art der Ausstellung von Graphik seit Jahren praktiziert.

* Abdruck eines hektographierten Exposés von 1972 mit Einverständnis des Doerner-Instituts – Laboratorium für Konservierung und naturwissenschaftliche Untersuchung von Kunstwerken bei den Bayerischen Staatsgemäldesammlungen – München, Meiserstr. 10.

Da das Ausmaß von Lichtschäden proportional der auffallenden Lichtmenge, d. h. der Beleuchtungsstärke mal der Zeit ist, muß auch die Beleuchtungsdauer durch geeignete Vorrichtungen und Maßnahmen auf ein Mindestmaß beschränkt werden. Außerhalb der Öffnungszeiten sollen die Ausstellungsräume auf jeden Fall verdunkelt sein. Es ist mit Sicherheit anzunehmen, daß sich Lichteinwirkungen addieren. Auch wenn nach kurzzeitiger Ausstellung keine Lichtschäden erkennbar sind, führen deshalb spätere Lichteinwirkungen um so schneller zu sichtbaren Schäden.

Ultraviolette Strahlen und Tageslicht sind von Graphik fernzuhalten. Bei künstlicher Beleuchtung werden am besten Lichtquellen mit zu vernachlässigendem Ultraviolett-Anteil verwendet (Glühlampen, bestimmte Typen von Leuchtstoffröhren). Es ist ein verbreiteter Irrtum, daß allein durch den Ausschluß von ultravioletten Strahlen Lichtschäden vermieden würden. Alles Licht, auch das ohne nennenswerten Ultraviolettanteil, wie z. B Glühlampenlicht (siehe oben), bleicht Farben aus und zerstört das Papier.

Zu vermeiden ist starke, wenn auch nur kurzzeitige Beleuchtung von Graphik unter Glas, z. B. bei Foto- und Filmaufnahmen, weil sich dabei die dünne Luftschicht zwischen Glas und Graphik und damit auch das Blatt in kurzer Zeit sehr stark erwärmt.

Die optimale *relative Luftfeuchtigkeit* für Graphik liegt zwischen 40 und 50%. Unter 40% büßt das Papier allmählich seine Elastizität und Geschmeidigkeit ein. Über 65% Feuchtigkeit erhöht die Gefahr der Schimmelbildung. Da die Lichtschäden verursachenden photochemischen Reaktionen mit steigender Temperatur und Luftfeuchtigkeit beschleunigt werden, sollte die *Raumtemperatur* so niedrig wie möglich gehalten werden.

Luftverunreinigungen sind soweit als möglich von Graphik fernzuhalten. Dies ist bis zu einem gewissen Grad durch staubdichte Rahmung zu erreichen. Wünschenswert sind klimatisierte Räume, deren Luft in der Klimaanlage gefiltert und gewaschen wird.

Literatur

Lighting of Art Galleries and Museums, IES Technical Report 14, London 1970 (Illuminating Engineering Society).

Thomson, G.: A New Look at Colour Rendering, Level of Illumination and Protection from Ultraviolet Radiation in Museum Lighting, in: Studies in Conservation 6, 1961, S. 49–70.

Kühn, H.: The Effect of Oxygen, Relative Humidity and Temperature on the Fading Rate of Water Colours, Reduced Light Damage in a Nitrogen Atmosphere, in: London Conference on Museum Climatology 1967, S. 79–88.

Wolters, Ch.: Konservatorische Gesichtspunkte im Museumsbau, in: Bauen und Wohnen 9, 1966, S. 371.

4. SCHUTZVERFILMUNG

Karl Dachs

*Die Schutzverfilmung**

Die Sicherheitsverfilmung zielt auf den Ausnahmezustand: Im Falle, daß Handschriften und unersetzliche Drucke durch Krieg oder Katastrophen zugrunde gehen, sollen fotografische Kopien an einem entfernten sicheren Ort bereitstehen, die für die Wissenschaft die Kenntnis der verlorenen Originale bewahren. Einem anderen, völlig auf die Praxis des Alltags ausgerichteten Zweck dienen die Archive für den fotografischen Dienst. Ihr Sinn ist, die Originale vor Abnützung durch zu häufigen Gebrauch im Fotolabor zu schützen.

Es ist eine alte Erfahrung der Handschriftenverwaltung, daß Historiker und Philologen häufig nach Kopien der gleichen Texte, Kunsthistoriker und Verlage nach Vorlagen ein und derselben Miniatur verlangen. Wird die fotografische Aufnahme (sei es Negativ oder Positiv), die bei der ersten Bestellung auf ein Objekt entsteht, dem Besteller nicht ausgehändigt, vielmehr bei der Bibliothek deponiert und der Besteller durch eine Kopie, einen Abzug oder ein Duplikat von der ursprünglichen Aufnahme befriedigt, so kann ein zweiter oder eine Vielzahl von identischen Fotowünschen mit der im Archiv gelagerten Aufnahme ausgeführt werden, ohne daß die Originalvorlage, die Handschrift oder der seltene Druck, nochmals ins Fotolabor verbracht werden müßte.

Bibliotheken, die Handschriften und seltene Drucke besitzen, ist daher zur konservatorischen Schonung ihrer wertvollen Bestände dringend die Anlage von Schutzfilmarchiven anzuraten. Entscheidend ist dabei nicht die Frage, ob die Bibliotheken selbst in eigener Regie ein Fotolabor betreiben, wie es in Deutschland zumeist der Fall ist, oder Vertragswerkstätten der freien Wirtschaft mit der Durchführung der anfallenden Arbeiten betrauen, vorausgesetzt, daß auch diese verpflichtet werden, die angefertigten Vorlagen zur Wiederverwendung im Sinne des Schutzes der Originale zu archivieren.

* Überarbeitete Fassung eines Referates, das auf dem internationalen Kolloquium über Konservierungs- und Reproduktionsfragen von Handschriften und alten Drucken im Vatikan am 21. Oktober 1975 gehalten wurde und in: Conservation et reproduction des manuscrits et imprimés anciens. Colloque international organisé par la Bibliothèque Vaticane à l'occasion de son Ve centenaire. 21–24 octobre 1975, Città del Vaticano 1976 (Studi e testi 276), S. 128–134 veröffentlicht worden ist.

Die Problematik der Schutzfilmarchive läßt sich in drei Punkte zusammenfassen:

1. Inhalt und Aufbau des Schutzfilmarchivs

   Je nach dem individuellen Besitz einer Bibliothek und dem Charakter ihrer Sondersammlungen können in einem Schutzfilmarchiv sehr verschiedenartige Typen von Bibliotheksgut gespeichert sein. Als Grundsatz hat zu gelten: Für ein Schutzfilmarchiv kommen in erster Linie Objekte in Frage, die Unica sind, in zweiter Linie erst reproduzierte Objekte, die jedoch selten, gefährdet oder ständig verlangt sein müssen.
   Konkret gesprochen heißt das: Primäres Gut für das Schutzarchiv stellen alle handschriftlichen Materialien dar: die mittelalterlichen und neuzeitlichen Codices, die Autographen und Nachlässe, des weiteren alle orientalischen Handschriften, zusätzlich auch Sonderformen und Materialien, die nicht ursprüngliches Bibliotheksgut sind, jedoch häufig in Bibliotheken begegnen wie Urkunden und Akten sowie Handzeichnungen und sonstige Kunstgegenstände. Zur gleichen Kategorie gehören alle Druckwerke, die nur als Unica auf uns gekommen oder durch handschriftliche Eintragungen zu solchen geworden sind. Sekundärgut sind alle Drucke unter Einschluß von Graphiken, wobei der Grad ihrer Seltenheit die Auswahl bestimmt. Damit liegt eindeutig der Schwerpunkt in dieser Gruppe auf den Erzeugnissen der Inkunabel- und Frühdruckzeit sowie den bibliophilen Drucken herauf bis in unsere Tage. Allerdings kann neben der Seltenheit auch ein gefährdeter Erhaltungszustand Grund für die Aufnahme in das Schutzfilmarchiv werden. Dies gilt besonders für Drucke auf säurehaltigem und daher vom Verfall bedrohtem Papier. Aus praktischen Gründen bezieht man günstigerweise auch Druckschriften mit in das Programm ein, die weder selten noch gefährdet sind, von denen aber erfahrungsgemäß häufig Kopien bestellt werden.
   Der Aufbau eines Schutzfilmarchivs kann grundsätzlich nach zwei Methoden erfolgen. Im einen Fall nützt man alle Publikumsbestellungen auf Fotomaterial aus. Die Summe der Bestellungen bestimmt hierbei den Inhalt des Archivs. Die Nachteile dieser Methode liegen auf der Hand. Man macht das Wachsen des Archivs allein von den Zufälligkeiten der Alltagspraxis abhängig und sorgt für zukünftige Wünsche nicht befriedigend vor, jedenfalls bei allen fotografischen Techniken mit Ausnahme des Mikrofilms von ganzen Handschriften bzw. Drucken. Dies leuchtet speziell bei Miniaturhandschriften ein. Die zweite, die dritte und die folgenden Bestellungen beziehen sich nur zu häufig innerhalb der gleichen Handschrift auf andere Motive. Obwohl ein Planfilm von dem einen Bild im Archiv vorhanden ist, muß dieses Manuskript immer aufs neue ins Labor verbracht werden. Die zweite Methode

ist, ein systematisches Programm auf eigene Initiative und eigene Kosten durchzuführen. Da eine Verarbeitung des einschlägigen Gesamtbestandes wegen der Begrenztheit der zur Verfügung stehenden Etatmittel kaum in Frage kommt oder doch nur bei einer Beschränkung der möglichen Techniken auf den Negativmikrofilm zu bewältigen ist, hat man sich mit einer Auswahl von Objekten zu bescheiden, die nach den Kategorien besonderen Wertes, höheren Alters oder Zugehörigkeit zu bestimmten Fonds festgelegt wird. Die Fülle des Materials zwingt bei dieser Methode jedoch auf jeden Fall zu einem stark pauschalen Vorgehen. Bestellt wird aber erfahrungsgemäß nicht jede Handschrift und nicht von jeder Handschrift die gleiche Art fotografischen Materials, vielmehr von einer Auswahl von Handschriften ein von Stück zu Stück stark differenziertes Programm verschiedener fotografischer Techniken. Eine systematische, zu großräumige und schematisierte Anlage des Archivs arbeitet ebenso am realen Zweck vorbei wie der Rückzug auf die Publikumsbestellungen: Es geht ein großer Prozentsatz von Handschriften zum Fotolabor, ohne daß es für sie nötig wäre. Diese Handschriften werden abgenützt, anstatt geschützt.

Besser dem Sinn des Archivs zu entsprechen und daher anzustreben scheint folgendes kombinierte Verfahren: Läuft eine Teilbestellung auf ein Objekt ein, ist individuell zu prüfen, ob Bedeutung, Aussehen und Inhalt dieses Stückes eine oder mehrere neuerliche Anforderungen möglich erscheinen lassen. Wenn ja, wird eine angemessen umfangreiche fotografische Dokumentation für das Archiv auf Kosten der Bibliothek zusätzlich angefertigt. Sie kann je nach Bedarf verschiedene Techniken umfassen, zu beobachten ist z. B., daß Miniaturhandschriften auch vom Text oder vom Gesamtaufbau des Codex her Interesse verdienen, wodurch auch ein Mikrofilm vonnöten wird. Umgekehrt können von puren Texten auch hochwertige Reproduktionsvorlagen berühmter Stellen oder paläographischer Beispiele verlangt werden. Neuerdings ist die Tendenz zu erkennen, auch reine Texte in der Reproduktion farbig zu bringen. Auf solche und weitere Gesichtspunkte muß das Verfilmungsprogramm abgestimmt werden. Wieder anders ist zu verfahren, wenn die Bibliothek neben dem Schutzfilmarchiv auch ein Sicherheitsfilmarchiv unterhält, besonders dann, wenn sie auch für dieses zweite Archiv ihr Programm auf verschiedene nebeneinanderherlaufende Techniken ausgedehnt hat, also neben dem Mikrofilm auch Planfilme und Farbaufnahmen anfertigt. Aus Gründen der wirtschaftlichen Rentabilität und des konservatorischen Schutzes ist strikt zu fordern, daß die Anlage des Sicherheits- und des Schutzarchivs gekoppelt wird und alle anfallenden Arbeiten für beide Archive in einem Arbeitsgang erledigt werden. Doch auch in diesem Fall bleibt der Grundsatz zu beachten, daß das Sicherheitsarchiv den ganzen unersetzlichen Bestand umfassen soll, während für das Schutzarchiv immer nur eine mehr oder minder große Auswahl aus dem Gesamtbestand erforderlich ist.

2. Fragen der Technik

Die Zahl der für das Schutzfilmarchiv benötigten Techniken ergibt sich aus seinem konkreten Verwendungszweck. Der ist ein dreifacher.

Der Forscher will außerhalb der Öffnungszeiten der Lesesäle oder an fremdem Ort mit fotografischen Kopien anstatt der Originale seine Studien betreiben oder fortsetzen. Die bewährte Vorlage dafür ist der Negativfilm, von dem Positiv-(auch Negativ-)filmkopien gezogen oder Papierabzüge und neuerdings auch xerografische Abzüge im Kopyfloverfahren angefertigt werden können. Der Kunsthistoriker benötigt darüber hinaus Abzüge von schwarz-weißen Planfilmen; er drängt jüngst auch immer mehr zur farbigen Vorlage, nämlich zum farbigen Kleinbilddia, das ihm zum Studium wie auch zur Projektion bei Vorträgen und im Universitätsbetrieb dient. Infrarot-, Ultraviolett- und β-radiografische Aufnahmen können für den Spezialisten von höchstem Wert sein, werden aber die Bedeutung einer Randerscheinung nicht überschreiten, werden auch nur von hochspezialisierten Fotolabors hergestellt.

Für den weiten Bereich der Publikation (der wissenschaftlichen, bibliophilen und populären) sind Hochglanzabzüge von schwarz-weißen Planfilmen oder Farbdiapositive (Ektachrome) als Klischee-Vorlagen erforderlich.

Für die Bibliotheken selbst kann das Schutzfilmarchiv ein wertvolles Hilfsmittel sein, die Benützung von wertvollen und gefährdeten, aber vielverlangten Originalen aus konservatorischen Gründen einzuschränken. Es ist keine unbillige Forderung, vom Benützer zu verlangen, seine Studien im Lesesaal ganz oder wenigstens teilweise mit Hilfe von vorgelegten fotografischen Kopien zu betreiben und die Originale nur in Zweifelsfällen und zur Überprüfung der Ergebnisse der Untersuchung heranzuziehen. Auch für die eigenen Recherchen erfüllt dem Bibliothekar oft eine Kopie den gleichen Zweck wie das Original. Voraussetzung für diese Praxis ist, daß der Lesesaal mit den nötigen technischen Apparaturen (Mikrofilmlesegerät, Diabetrachtungsgerät, Lichtplatte etc.) ausgestattet ist. Wertvolle Dienste für die Entlastung der wertvollen Originale leistet auch ein kompletter Satz von Hochglanzabzügen der vorhandenen Schwarz-weiß-Planfilme, wenn diese nach der Signaturenfolge der wiedergegebenen Objekte geordnet und in Alben eingeklebt werden, die dem Publikum zur Einsicht zur Verfügung stehen.

Eine selbstverständliche Ergänzung zum Schutzfilmarchiv ist eine nach Signaturen geordnete Kartei zu seiner Erschließung. In ihr muß das für jedes

Objekt vorhandene Fotomaterial nachgewiesen sein. Inwieweit diese Kartei dem Publikum zugänglich gemacht oder als internes Arbeitsintrument behandelt wird, ist eine Frage einer mehr liberalen oder restriktiven Einstellung der Bibliothek gegenüber Bestellerwünschen. Zweifelsohne werden durch leicht zugängliche oder gar gedruckte Karteien manche Fotowünsche erst geweckt.

Der eigentlich problematische Punkt aller Schutzarchive ist ihr technischer Charakter, der sie dem Verschleiß und insbesondere der Veralterung aussetzt. Dabei erweisen sich die traditionellen Schwarz-weiß-Techniken als die technisch ausgereifteren, die relativ haltbare Ergebnisse liefern. Ungeachtet dieser Tatsache überrascht auch auf diesem alten Gebiet die Industrie mit immer neuem, stets lichtempfindlicherem Filmmaterial. Dazu kommt, daß auch die Kunst und der Geschmack des Fotografen, z. B. bei der Aufnahme von Miniaturen, einem steten Wandel unterworfen sind. Aus diesen Gründen werden Schwarz-weiß-Arbeiten, die schon 10 oder 20 Jahre alt sind, als veraltet empfunden und vom Publikum abgelehnt.

Besonders problematisch zeigt sich das ganze Gebiet der Farbfotografie, da hier die technische Entwicklung noch ganz im Fluß ist, die Ansprüche an die Farbtreue ständig steigen, umgekehrt keine Gewähr besteht, daß das Archivmaterial nicht allmählich ausbleicht und sich chemisch zersetzt. Diese Gefahr kann verringert werden, wenn das Archivmaterial kühl und trocken aufbewahrt wird.

Zusammenfassend ist zu sagen, je länger ein Archiv besteht, desto unabweislicher wird es, abgebrauchtes oder veraltetes Material durch Neuaufnahmen zu ersetzen. Der rasche Fluß der technischen Entwicklung, die Ansprüche des Publikums und der Ehrgeiz der Fotografen, auf dem neuesten Stand zu sein, beschwören die Gefahr herauf, daß die Fotoarchive nicht mehr der Entlastung der Originale dienen, sondern ihren Abbau und Verschleiß fördern. Gerade Spitzenstücke des Bestandes sind von der Gefahr bedroht. Fotoarchive aber dürfen sich nicht als technische Einrichtungen verselbständigen. Das ist eine konservatorische Grundforderung.

Soweit es auch bei strenger Prüfung nicht zu umgehen ist, alte Aufnahmen durch neue zu ersetzen, ist vorzuschlagen, die alten Kopien nicht zu vernichten. Sie halten dokumentarisch den Erhaltungszustand eines bestimmten Stückes zu einer bestimmten Zeit fest und können so später von Nutzen sein.

3. Die Finanzierung

Nach allem Vorhergesagten ist es klar, daß Schutzfilmarchive, die nur durch Publikumsbestellungen wachsen und finanziert werden, ihre Schutzfunktion nicht voll erfüllen können. Daher sollte jede Bibliothek aus eigenen Etatmitteln und in kluger Disposition dazu beitragen, den Aufbau der Archive der Planlosigkeit, dem Zufall zu entziehen. Eine Frage der Diplomatie gegenüber dem Benützer ist es, ob man die Preise für Fotoarbeiten aller Art abstuft (höhere Preise, wenn die Vorlage erst anzufertigen ist, niedrigere, wenn sie bereits im Archiv vorhanden ist) oder Einheitspreise fordert. Erfahrungsgemäß empfindet es der Benützer als nicht gerecht, einmal einen Negativfilm mitbezahlen zu müssen, das andere Mal nicht, obwohl er in beiden Fällen den gleichen Positivfilm ausgehändigt bekommt. Das gleiche gilt unverändert für die anderen Techniken. Gerechter ist es, für alle Arbeiten die gleichen Preise zu berechnen, Preise, in denen ein angemessener Beitrag für den Aufbau der Archive, auf die sich der fotografische Dienst stützen kann, eingeschlossen ist.

5. SICHERHEITSVERFILMUNG

Tilo Brandis

*Die Sicherheitsverfilmung**

Begriff

Der Begriff „Sicherheitsverfilmung“ oder – wie auch gesagt wird – „Sicherungsverfilmung“ wird heute selbst in Fachkreisen vielfach ungenau verwendet, indem er sowohl für das Unternehmen, Texte und Bilder aus den unersetzlichen Handschriften und Drucken auf photographischem Weg über den Katastrophenfall hinweg zu erhalten, benutzt wird als auch für die Schutzverfilmung, deren Ziel es ist, die Originale vor zu rascher Abnutzung durch häufige Benutzung und durch die ständig wiederholte Beanspruchung im Photolabor zu schützen. Diese beiden Unternehmungen sind von ihrer Zielsetzung und den ganz präzisen und strengen Forderungen her, die an sie gestellt werden, grundverschieden und sollten deshalb sowohl im internen Gebrauch als auch besonders bei der Argumentation gegenüber den Unterhaltsträgern terminologisch sauber getrennt werden. Es ist in diesem Beitrag beabsichtigt, die Sicherheitsverfilmung, die konsequent und kompromißlos bisher in den Bibliotheken der Bundesrepublik Deutschland und des Auslands nur sehr selten praktiziert wird, einmal als Programm zu formulieren. Erst nach Aufzeichnung der wesentlichen Merkmale einer „echten“ Sicherheitsverfilmung sollen auch Ersatzlösungen und Möglichkeiten einer vorläufigen Kombination von Sicherheits- und Schutzverfilmung besprochen werden.

Begründung

Zunächst sind einige Bemerkungen zur Begründung einer Sicherheitsverfilmung in Bibliotheken mit unikalen, alten und kostbaren Beständen voranzustellen.

* Überarbeitete Fassung eines Referates, das auf dem internationalen Kolloquium über Konservierungs- und Reproduktionsfragen von Handschriften und alten Drucken im Vatikan am 21. Oktober 1975 gehalten wurde und in: Conservation et reproduction des manuscrits et imprimés anciens. Colloque international organisé par la Bibliothèque Vaticane à l'occasion de son V[e] centenaire. 21–24 octobre 1975, Città del Vaticano 1976 (Studi e testi 276), S. 111–117 veröffentlicht worden ist. Die teilweise sehr konstruktiven Beiträge und Vorschläge in der Diskussion (a. a. O. S. 118–127) sind miteingearbeitet worden.

Die Haager Konvention vom 14. Mai 1954 für den Schutz von Kulturgut bei bewaffneten Konflikten, die von der Bundesrepublik Deutschland am 11. April 1967 (BGBl. II S. 1233) ratifiziert worden ist und nach dem Änderungsgesetz vom 10. August 1971 (BGBl. II S. 1025) von den Bundesländern im Auftrag des Bundes ausgeführt wird, zählt in Artikel 1 innerhalb der Begriffsbestimmung des Kulturguts auch die Begriffe ,,...Manuskripte, Bücher, ...bedeutende Sammlungen von Büchern, Archivalien..." auf und hat im wesentlichen die Sicherung und Respektierung des Kulturgutes zum Inhalt. Nach Artikel 3 verpflichten sich die Vertragsparteien, ,,schon in Friedenszeiten die Sicherung des auf ihrem Gebiet befindlichen Kulturguts gegen die absehbaren Folgen eines bewaffneten Konflikts vorzubereiten, indem sie alle Maßnahmen treffen, die sie für geeignet erachten". Zu den wichtigsten Maßnahmen zur Sicherung des Schrift- und Buchguts gehören nach verschiedenen Planungen auf Bundes- und Länderebene auf der einen Seite der Bau von Schutzräumen für die Sicherung der Originale und auf der anderen Seite die Verfilmung für die Sicherung der Inhalte. Auf eine Diskussion, ob eine ,,Kultur auf Mikrofilm" überhaupt sinnvoll und vertretbar erscheint, braucht nicht eingegangen zu werden; angesichts der schlimmen Erfahrungen, die bei der Vernichtung wertvollster Bibliotheksbestände in den letzten Kriegen gemacht worden sind, dürfte es heute keinen Zweifel mehr geben, daß sowohl der Bau von sicheren Räumen als auch die Anlage von Sicherheitsfilmarchiven notwendig sind.

In den Archiven der Bundesrepublik Deutschland wird seit vielen Jahren mit beträchtlichem Aufwand und großem Erfolg eine Sicherheitsverfilmung, die nach drei Wertstufen gestaffelt ist, durchgeführt. In den Bibliotheken sind die Aktivitäten auf diesem Gebiet bisher in keiner Weise vergleichbar[1]. Das gilt nicht nur für die Bundesrepublik, sondern für nahezu alle westeuropäischen Länder, wie aus der Fragebogenaktion anläßlich des Internationalen Kolloquiums ,,Conservation et reproduction des manuscrits et imprimés anciens" im Vatikan 1975 hervorgeht. Auf diesem Kolloquium ist dann entsprechend die folgende Empfehlung verabschiedet worden: 4. Les membres du Colloque affirment la nécessité pour les bibliothèques de constituer des archives de sécurité de leurs documents précieux.

Der Kriegsfall sollte jedoch nicht allein als Begründung für eine Sicherheitsverfilmung angeführt werden. Sicherheitsvorkehrungen in Form einer kompletten Verfilmung sind ebenso notwendig und vordringlich für Katastrophenfälle

[1] Über Erfahrungen mit Sicherheitsverfilmungen in größerem Ausmaß verfügen die Bayerische Staatsbibliothek München und die Universitätsbibliothek Düsseldorf. Auskunft über die Sicherheitsverfilmung in Archiven erteilt der Vorsitzende des Phototechnischen Ausschusses der Archivreferenten der Länder z. Z. im Hauptstaatsarchiv Stuttgart.

anderer Art, insbesondere für Feuer-, Flut- und Unwetterkatastrophen sowie auch für Sprengung bei revolutionären Unruhen und bei ähnlichen Vorfällen. Eine Sicherheitsverfilmung ist auch anzuempfehlen in Hinsicht auf Total- oder Teilverluste durch Diebstahl und natürliche Substanzabnahme.

Objekte

Bei der Überlegung, welche Bibliotheksmaterialien für eine Sicherheitsverfilmung in Frage kommen, sollte der Gesichtspunkt des objektiven Werts im Vordergrund stehen. So sind in erster Linie alle unikalen Stücke zu berücksichtigen: mittelalterliche und neuzeitliche Handschriften, Autographen, die handschriftlichen Papiere in Nachlässen, Papyri, Schriftrollen, Urkunden, Miniaturenblätter, Handzeichnungen, ferner Einbände, Buchkästen, Siegel u. a. Diese Objekte sind, auch wenn sie bekannte Texte und weniger wertvolle Inhalte umschließen, ihrer Natur nach immer einmalig, ihr Verlust daher in jedem Fall unwiederbringlich. Ein Sicherheitsfilmarchiv, das konsequent aufgebaut wird, muß grundsätzlich den gesamten unersetzlichen Bestand einer Bibliothek umfassen. Dazu gehören auch alle Drucke, die nur noch in einem Exemplar erhalten sind oder die durch handschriftliche Eintragungen, Unterstreichungen und Widmungen aus alter Zeit oder von bekannten Persönlichkeiten die Bedeutung eines Unicums erlangt haben. Bei Inkunabeln und frühen Drucken ist auch zu beachten, daß einzelne Exemplare typographische Varianten, ausgewechselte Holzschnittillustrationen, auffällige Kolorierungen und andere individuelle Merkmale enthalten können, die sie in die Reihe der Unica versetzen, womit sie in die erste Kategorie der zu sichernden Objekte gehören.

Erst an zweiter Stelle sind Drucke, die sehr selten oder schwer zu beschaffen sind, und vor allem Sammlungen von Druckschriften, deren Zusammenstellung als solche einen Eigenwert hat, auch wenn die Bücher selbst keine Unica sind, für die Sicherheitsverfilmung vorzusehen.

Ganz aus dem Sicherheitsverfilmungsprogramm fallen alle mechanisch vervielfältigten Buch- und Bildmaterialien heraus, die in mehreren Exemplaren an verschiedenen Aufbewahrungsorten erhalten sind. Der Gesichtspunkt, daß sie unter Umständen im Handel sehr hoch bezahlt werden, darf für die Aufnahme keine Rolle spielen. Gerade durch die Verbreitung sind sie ausreichend gesichert.

Forderungen

Vollständigkeit der Aufnahme. Grundvoraussetzung für eine ausreichende Sicherung von Bibliotheksobjekten ist die Vollständigkeit der Aufnahme. Es genügt für einen Sicherheitsfilm nicht, daß die Hauptinhalte und Bilder festgehalten werden. Wichtig sind auch alle beschriebenen Seiten des Vorsatzes, die Besitzervermerke, Stempel, Exlibris, Widmungen, Signaturen, Kaufeinträge usw. Selbstverständlich muß auch der Einband, besonders wenn er künstlerischen Wert hat oder für die Provenienz von Bedeutung ist, mitaufgenommen werden. Probleme entstehen bei zu eng gebundenen Handschriften, deren Textteile in der Buchmitte nur unscharf, verzerrt oder gar nicht aufgenommen werden können. Die Forderung nach Vollständigkeit der photographischen Dokumentation kann in diesen Fällen nur durch das Zerlegen der Bände erfüllt werden, das jedoch – abgesehen von dem enormen Arbeits- und Kostenaufwand – wegen der eventuellen Zerstörung historischer Bindetechniken einen Eingriff von großer Tragweite bedeutet, der sorgfältig abzuwägen ist. Ähnliche Schwierigkeiten treten bei den in den Einband eingelassenen beschrifteten Makulaturteilen und den aufgeklebten Seiten von Einbandspiegeln auf. Auch verwischte oder radierte Schriften sowie Prägestempel und die wichtigen Wasserzeichen fallen bei einer Sicherheitsverfilmung heraus, wenn nicht kostspielige restauratorische Manipulationen vorgenommen bzw. spezielle Aufnahmeverfahren wie die Palimpsestphotographie oder Elektronenradiographie angewendet werden.

Originaltreue. Eine folgerichtig geplante Sicherheitsverfilmung muß eine optimale Originaltreue zum Ziel haben. Das gilt selbstverständlich für die Schärfe der Aufnahme, die nur bei guter technischer Ausstattung der Photostelle und bei der Verwendung einwandfreien Photomaterials gewährleistet ist. Duplikate von vorhandenen Filmen scheiden von Anfang an aus, da sie immer einen Punkt schlechter sind als die Originalfilme. Die Sicherheitsverfilmung muß außerdem Farbaufnahmen von allerbester Qualität vorsehen, und zwar nicht nur für die Miniaturen, sondern vielfach auch für die Textseiten, um Tönungen und Schattierungen im Beschreibstoff, Rubrizierungen, Tintenwechsel, Benutzungsspuren u. a. sichtbar zu machen und festzuhalten. Die Forderungen nach bestmöglicher Originaltreue können für bestimmte Forschungszwecke noch erheblich weitergehen; so möchte man bei dem einen oder anderen Objekt die Pergament- und Papierstärke, die besondere Bindetechnik, Blindpressungen aller Art, den Glanz- und Reliefcharakter von Schriftseiten u. a. dokumentiert wissen. Hier nun aber wird kein Film – wie leicht einzusehen ist – einen richtigen Eindruck oder überhaupt irgendeine Vorstellung vermitteln können. Relativ problemlos ist die Dokumentation und jederzeitige Reproduzierbarkeit der Originalmaße der Objekte durch die Mitaufnahme eines Zentimetermaßes, das auf einem Sicherheitsfilm niemals fehlen sollte.

Begleitende Katalogisierung. Im Hinblick auf die engen Grenzen, die aus technischen und vor allem finanziellen Gründen einer weitgehenden Nachahmung des Quellenträgers im Film gesetzt sind (eine totale Wiedergabe aller nur vorstellbaren Fakten und Merkmale kann ohnehin niemals erreicht werden), sollte neben die Verfilmung auf jeden Fall eine begleitende Beschreibung der Objekte treten, die alle nicht photographisch festzuhaltenden Gegebenheiten pauschal oder im Detail je nach der Bedeutung des Objekts notiert. Je mechanischer und weniger aufwendig die Verfilmung vorgenommen wird, desto eingehender wird die Katalogisierung werden müssen. Sie sollte als wichtiger und notwendiger Bestandteil einer ernstgenommenen Sicherheitsverfilmung in das Bewußtsein der verantwortlichen Bibliothekare eingehen. Soweit die Kataloge der Bibliotheken die genannten Forderungen bereits erfüllen, ja selbst wenn sie dies nur teilweise tun, ist die Verfilmung mindestens der handgeschriebenen Kataloge selbst anzustreben.

Vorbereitung und Kollation. Bevor Handschriften verfilmt werden, ist es notwendig, sie richtig und deutlich zu foliieren. Aus Einzelblättern bestehende Materialien müssen geordnet und numeriert bzw. mit Signaturen oder sonstigen Ordnungselementen versehen werden. Bei Nachlässen kann diese Ordnungstätigkeit eine komplette Katalogisierung bedeuten. Etliche Objekte sind auch restauratorisch zu behandeln, bevor ihre Texte vollständig aufgenommen werden können: angefangen von dem Aufklappen eingefalzter Ecken über die Glättung faltenreicher Seiten können diese Arbeiten bis zur Sicherung brüchiger Papiere und dergleichen reichen.

Ein Sicherheitsfilm kann erst in das Filmarchiv eingeordnet werden, wenn er sorgfältig mit dem Original kollationiert worden ist. Dabei ist sowohl auf die Vollständigkeit als auch auf die Qualität der Aufnahmen zu achten. Der Aufwand für die Vorbereitung und besonders auch für die Kollationierung, die nicht allein der Photostelle oder der Firma überlassen bleiben darf, sondern wesentlich von seiten der Bibliothek zu leisten ist, wird meist unterschätzt. Jedem zu verfilmenden Objekt sollte ein Vorspann mit dem Namen der Bibliothek, der Signatur und anderen Angaben zur Identifizierung beigegeben werden.

Haltbarkeit. Neben Vollständigkeit und Originaltreue ist die Haltbarkeit des Filmmaterials eine weitere fundamentale Voraussetzung der Sicherheitsverfilmung. Es hat nur Sinn, ein Archiv anzulegen, wenn das Material über lange Zeiträume unverändert bleibt. Nach Fachurteilen von etlichen Archiven und Dokumentationsstellen, die lange schon Filme archivieren, sowie nach Auskunft der herstellenden Firmen sind die Voraussetzungen einer langen Haltbarkeit mindestens für den schwarz-weißen Dokumentensilberfilm auf Azetatbasis, der sachgerecht von der Entwicklung bis zur Wässerung behandelt und bei richtiger Temperatur und Luftfeuchtigkeit aufbewahrt wird, heute in befriedigendem Maße gegeben; die zugesicherten Angaben in bezug auf die Dauer bewegen sich zwischen „vielen Jahrzehnten“ bis zu „500 Jahren“[2]. Bei Farbaufnahmen kann dagegen noch keineswegs von derselben Haltbarkeit ausgegangen werden.

Verfahren. Das zu wählende photographische Aufnahmeverfahren zusammen mit dem Photomaterial für die Sicherheitsverfilmung kann und soll nicht pauschal empfohlen werden. Es ist jeweils nach den Forderungen der Aufnahmequalität und Haltbarkeit unter Berücksichtigung kostenmäßiger Aspekte zu bestimmen. Zur Bewältigung der Massen an Aufnahmen eignet sich am besten der genannte Schwarz-weiß-Mikrofilm in 35 mm Breite, der allgemein in Bibliotheken und Archiven verwendet wird. Er sollte unperforiert sein. Eine platzsparende Aufnahmetechnik mit variablem Filmschritt ist möglich, wobei die Stege auf eine minimale Breite reduziert werden können. Der Mikrofilm erlaubt bei den meisten aufgenommenen Objekten eine ausreichende Vergrößerung zur Wiederlesbarmachung der Texte.

Daneben sind für die Sicherheitsverfilmung Mikrofiches mehr und mehr im Gespräch, die sich gerade für Massenaufnahmen sehr gut anbieten und für die Aufnahmequalität und Haltbarkeit beste Voraussetzungen mitbringen. Für besondere Objekte müssen Planfilme aller Größen, für Farbvorlagen verschiedenformatige Farbnegative oder Farbdias vorgesehen werden. Unter Umständen bieten in einigen Fällen auch Papierkopien die beste Sicherung über lange Zeit. Ein Sicherheitsarchiv kann demnach und wird in der Regel Aufnahmen der verschiedensten Verfahren – sei es in Rollen- oder in Planfilmform – enthalten.

Hieran anschließend soll als optimale Sicherung eines unikalen Objekts die farbige und kommentierte Vollfaksimileausgabe erwähnt werden, die freilich nicht mehr direkt zum Problem der Sicherheitsverfilmung gehört und, da sie ein eigenständiges Bibliothekssammelobjekt ist, nicht in das Sicherheitsarchiv aufzunehmen ist. Das sehr aufwendige Faksimilierungsverfahren kann aus wirtschaftlichen Gründen nur für ausgewählte Handschriften und Drucke von besonderem Wert in Frage kommen.

Aufbewahrung. Als letzte Grundbedingung ist die sichere und sachgerechte Aufbewahrung des Sicherheitsfilmarchivs anzuführen. Wesentlich ist vor allen Dingen, daß die Filme nicht zusammen mit den Originalen, sondern in Spezialdepots in größerer Entfernung aufbewahrt werden. Vorzuschlagen wäre eine Entfernung von nicht weniger als 100 km. Es ist anzustreben, das Filmarchiv außerhalb größerer Siedlungen in kleinen, tiefgelegenen Bunkern unterzubrin-

[2] Die Alterungs- und Haltbarkeitsprobleme von Mikroformen sind in Hinsicht auf die Archivqualität sowohl von der bibliothekarischen als auch der technischen Seite her unter Berücksichtigung der umfangreichen modernen Literatur ausführlich behandelt bei Willi Höfig: Zeitungspapier und Mikrofilm. Ihre Lebensdauer im bibliothekarischen Betrieb. Literaturübersicht, Berlin 1979 (AfB-Materialien 24).

gen, die dunkel, gut klimatisiert und ausreichend gegen Brand, Wasser, Bomben, Diebstahl und andere Gefahren gesichert sind. Eine noch größere Sicherheit ist zu erreichen, wenn mehrere Exemplare der Filme in verschiedenen Archiven verstreut über das Land, den Kontinent oder die Welt deponiert würden. Es ist zu beachten, daß Sicherheitsfilme grundsätzlich von einer Benutzung ausgeschlossen sein müssen, um sie gegen Licht, Zerkratzen und sonstige Beschädigungen zu schützen. Zur sachgerechten Aufbewahrung gehört auch die Anwendung geeigneter, nicht zu enger Spulen, gut schließender Dosen für Rollen und Papiertüten für planes Material, die keinen schädigenden Einfluß auf die Filme haben dürfen. Schließlich sollten entsprechende Stahlschränke zur Verfügung stehen. Zum Aufbau, zur Ergänzung und laufenden Betreuung eines Sicherheitsfilmarchivs gehört die Führung einer Inventarliste oder -kartei bzw. eines Standortverzeichnisses, dazu die sorgfältige und deutliche Beschriftung der einzelnen Rollen, Schachteln, Tüten und anderen Behältnisse, die die Einhaltung einer genauen Ordnung, sei es nach laufender Filmnummer oder nach Signaturen gewährleistet.

Kontrolle. Unabdingbar ist eine regelmäßige Kontrolle der Aufbewahrungsbedingungen. In größeren zeitlichen Abständen sollten die Sicherheitsfilme mindestens in Stichproben auf ihre Qualität hin überprüft werden. Wenn Beeinträchtigungen in der Haltbarkeit des Materials festgestellt werden, müssen entsprechende Hilfs- und Sicherheitsmaßnahmen eingeleitet werden, gegebenenfalls wird eine Wiederholung der Sicherheitsverfilmung, insbesondere bei Farbfilmen, zu empfehlen sein. Für den Bibliothekar und die Mitarbeiter der Photostelle ergibt sich damit die Aufgabe und Verpflichtung, sich ständig über neue und bessere Photomaterialien und -verfahren für Sicherheitsverfilmungen zu unterrichten.

Organisatorische Fragen

Die restlose Erfüllung aller genannten Forderungen, die an eine „echte" Sicherheitsverfilmung zu stellen sind, dürfte vielen unmöglich und in Teilen übertrieben erscheinen; eine ideale Sicherheitsverfilmung wird auch für die meisten besitzenden Institute insbesondere aus Kostengründen vorerst Utopie bleiben. Dennoch ist sie im Vorstehenden ganz bewußt als Empfehlung postuliert worden, da ihre Notwendigkeit nach wie vor besteht, so unpopulär alle Fragen der Sicherung kostbarer Güter vor Katastrophen in ruhigen Zeiten auch sein mögen. Der Katalog der Forderungen kann und soll helfen, die Öffentlichkeit, insbesondere die geldgebenden Stellen, aber auch die Bibliotheken selbst zu mahnen und zum Umdenken zu veranlassen, daß auf weite Sicht für die Erhaltung und Sicherung von Handschriften und wertvollen Drucken größere Aufwendungen und Anstrengungen als bisher von allen verantwortlichen Stellen auf sich zu nehmen sind.

Bevor gar nichts getan wird, weil beispielsweise zur Zeit die entsprechenden Mittel für eine konsequente Sicherheitsverfilmung fehlen, sollten auf jeden Fall Zwischen- oder Ersatzlösungen angestrebt werden. Hierzu zählt die vorläufige Verwendung der Schutzverfilmung als Sicherheitsverfilmung, indem die bereits vorhandenen Schutzfilme nicht unmittelbar bei den Originalen aufbewahrt werden und für den Kriegsfall eine weitere und vor allem auch schnelle Dislozierung vorgesehen und organisiert wird. Der Vorteil einer Kombination von Schutz- und Sicherheitsverfilmung liegt vornehmlich in der Tatsache, daß mit aller Kraft in kürzerer Zeit wenigstens ein annähernd vollständiges Archiv aufgebaut werden kann. Der Nachteil ist, abgesehen von einer örtlich nicht ausreichenden Sicherung, in der ständigen Qualitätsminderung gerade der am häufigsten benutzten Filme und in der Zufälligkeit zu sehen, die notgedrungen bei Filmen, die nach Benutzerwünschen hergestellt werden, in Kauf zu nehmen ist. Wenn eine Sicherheitsverfilmung überhaupt gewollt wird, sollte man auch in Verbindung mit Schutzverfilmungszwecken von vornherein die ganzen Signaturenreihen verfilmen, damit keine Lücken bestehen bleiben. Das Problem der Auswahl ist bei der Sicherheitsverfilmung nicht gegeben. Ihre Durchführung wird gerade durch ein relativ mechanisches Vorgehen erleichtert und billiger.

Kompromisse bei dem Aufbau eines Sicherheitsarchives sind selbstverständlich auch in anderen Punkten, besonders durch vorläufiges Zurückschrauben etwa der strengen Forderungen an die Originaltreue oder die begleitende Katalogisierung, denkbar und zu begrüßen, wenn sonst die Sicherheitsverfilmung ganz unterbliebe. Der Zeitpunkt des Beginns sollte so früh wie möglich angesetzt werden. In Notzeiten ist es für eine Sicherheitsverfilmung zu spät.

Finanzierung

Träger einer Sicherheitsverfilmung, deren Notwendigkeit in gleicher Weise für staatliche, kommunale, kirchliche oder private Bibliotheken mit wertvollem Buchbesitz besteht, sollte der jeweilige Unterhaltsträger sein. Die Ausführung der Bestimmungen der Haager Konvention ist Sache der Bundesländer, so daß auch eine zentrale Kostenübernahme und Organisation der Sicherheitsverfilmung auf Länderebene denkbar erscheint. Die Voraussetzungen hierzu sind jedoch für die Bibliotheken bisher noch nirgends in befriedigendem Maße gegeben. Auf keinen Fall sollten die Kosten auf die Benutzer, die Filme von Handschriften und Drucken bestellen, übertragen werden. Was bei der Schutzverfilmung als Möglichkeit immerhin noch diskutiert werden kann, ist bei der Sicherheitsverfilmung, die eine den Staat als Ganzes und die Allgemeinheit betreffende Aufgabe darstellt, strikt abzulehnen.

6. FAKSIMILEAUSGABEN

Merkblatt für Faksimileausgaben

MERKBLATT
FÜR DIE ÜBERLASSUNG VON ORIGINALEN FÜR
FAKSIMILEAUSGABEN

Jede Bibliothek, die über bedeutende Handschriften und kostbare Drucke verfügt, sollte bestrebt sein, von den wichtigsten Stücken ihrer Sammlungen Faksimileausgaben zu veranstalten.
Sie dienen

- dem Schutz und der Schonung der Originale, deren Benutzung in Zukunft stark eingeschränkt werden kann,
- der Förderung der Wissenschaft, des Studiums und der Bildung.

Um diese Zwecke zu erfüllen, müssen sie technisch und editorisch von hoher Qualität sein, die nur durch sorgfältige detaillierte Absprachen mit den interessierten Verlagen erreicht und garantiert werden kann. Bevor daher ein Original einem Verlag für die Veranstaltung einer Faksimileausgabe zur Verfügung gestellt wird, sollten die im folgenden listenmäßig zusammengestellten Fragen geklärt werden. Die Ergebnisse der Besprechung sind in einem Vertrag zu fixieren, der von beiden Partnern zu unterzeichnen ist.

1. Grundvoraussetzungen einer Faksimileausgabe

- Originalgröße. Von der Bedingung einer genauen Wiedergabe 1:1 sollte in der Regel nicht abgegangen werden.
- Vollständigkeit. Aus kalkulatorischen oder ästhetischen Gründen kann von dem Ideal einer vollständigen Wiedergabe aller Blätter des Originals abgegangen werden, insbesondere wenn es sich um umfangreiche allzu geläufige oder wenig interessante Texte handelt (z. B. in liturgischen Handschriften) oder wenn der künstlerische Schmuck von schwankender Qualität oder über weite Strecken allzu gleichförmig ist. Von Sammelbänden können u. U. nur einzelne Teile für eine Faksimileausgabe vorgesehen werden.
- Farbigkeit. Zur Senkung der Kosten können Teile des Originals einfarbig reproduziert werden. Mehrfarbigkeit sollte jedoch überall dort eingesetzt werden, wo sie unabdingbar ist, z. B. bei allen Bildseiten und wichtigen Ornamentseiten mittelalterlicher Handschriften.
- Farbentreue. Im Rahmen des technisch Möglichen soll grundsätzlich für eine optimale Farbentreue Sorge getragen werden. Dazu sind Vergleiche der farbigen Pro-

bedrucke (möglichst in mehreren Stadien) mit dem Original unabdingbar. Die Teilnahme beim Farbvergleich und ein Mitentscheidungsrecht des verantwortlichen Bibliothekars sind zur Bedingung zu machen.

- Wissenschaftlicher Kommentar. Auf einen wissenschaftlichen Begleittext zum Faksimile einer Handschrift oder eines Druckes soll grundsätzlich nicht verzichtet werden. Es ist zu klären, ob eine allgemeine Einleitung, ein Essay, eine Handschriftenbeschreibung, ein Kommentar, eine Transkription, eine Edition oder gar eine Mehrzahl von wissenschaftlichen Texten über verschiedene Teilaspekte des Originals für ausreichend bzw. angebracht erachtet werden. Der oder die Bearbeiter werden in Übereinstimmung zwischen Bibliothek und Verlag bestimmt.

2. Fragen zur technischen Herstellung

- Zerlegung des Originals. Falls einem Auseinandernehmen des Originals zur Erreichung einwandfreier Aufnahmen zugestimmt werden kann, ist festzulegen, welche Werkstätte dies durchführt und wer die Kosten für evtl. erforderliche restauratorische Maßnahmen und das Wiedereinbinden übernimmt.
- Aufnahmeverfahren. Es ist zu vereinbaren, ob die Aufnahmen unmittelbar vom Original oder über photographische Träger (Dias, Klischeephotos) gemacht werden. Ferner ist zu verabreden, wer die Kosten für die photographischen Aufnahmen trägt und in wessen Besitz die Aufnahmen nach dem Gebrauch für die Faksimileausgabe verbleiben.
- Aufnahmestelle. Es ist zu klären, ob die Aufnahmen in der bibliothekseigenen Photostelle oder durch eine Firma hergestellt werden. Im Fall einer Aufnahme außer Haus sind die Fragen des Transports, der Beaufsichtigung und der Versicherung jedes einzelnen Aufnahmevorgangs zu klären, dabei ist der Versicherungswert für die einzelnen Blätter oder Doppelblätter festzusetzen.
- Die technischen Verfahren zur Herstellung der Faksimileausgabe und die Ausstattung sind Sache des Verlags. Von seiten der Bibliothek ist aber darauf zu achten, daß das Druckverfahren, das Papier, die Beschneidung der Blätter bzw. die Hinterlegung durch einen getönten Grund, die Vorsatzblätter sowie besonders der Einband dem Charakter des Originals nicht widersprechen.

3. Fragen zur bibliographischen Gestaltung und Erscheinungsweise

- Die Titelei sollte von der Bibliothek auf sachliche Richtigkeit überprüft werden können. Die Bibliothek ist als Besitzerin des Originals auf dem Titelblatt zu nennen.
- Anzeigen, Prospekte, Plakate u. a. Werbematerial sollten mindestens in den Teilen, die das Original bzw. die Bibliothek betreffen, von der Bibliothek genehmigt werden.
- Auflagenhöhe, Erscheinungstermin, Subskriptions- und Ladenpreis sind Sache des Verlags.

4. Leistungen der Bibliothek

- Der Verlag erhält von der Bibliothek zur Veranstaltung einer Faksimileausgabe das ausschließliche Recht. Reproduktionsgebühren werden in der Regel nicht erhoben. Das Recht sollte nur für eine einmalige begrenzte Auflage vergeben werden und erlöschen, 1. wenn die Faksimileausgabe nicht mehr lieferbar sein wird, 2. spätestens nach 8 Jahren nach Erscheinen und 3. wenn der Herstellungsbeginn um mehr als 2 Jahre nach Vertragsabschluß hinausgezögert würde.
- Die Bibliothek verantwortet die durch die Herstellung einer Faksimileausgabe notwendig bedingte besondere Beanspruchung des Originals. Der Verlag hat sich zu verpflichten, das Original, soweit es durch eigene Mitarbeiter oder durch andere Firmen in seinem Auftrag benutzt wird, schonend zu behandeln und für Schäden, die durch mangelnde Sorgfalt während der Herstellung der Faksimileausgabe entstehen, aufzukommen.
- Die Bibliothek steht mit fachmännischer und wissenschaftlicher Beratung zur Verfügung und arbeitet bei den Farbvergleichen mit.
- Als weitere Leistungen können die Anfertigung der Aufnahmen, die Mitarbeit am Textband, Übernahme der Photokosten u. a. hinzukommen.

5. Leistungen des Verlags

- Herstellung der Faksimileausgabe und verlegerische Betreuung, insbesondere auch Sorge für eine wirksame Verbreitung mit Übernahme der gesamten Kosten.
- Fristgerechte Fertigstellung.
- Freiexemplare. Die Anzahl sollte von Fall zu Fall je nach der Größe des Unternehmens und den Leistungen der Bibliothek ausgehandelt werden.

VERTRAG
ÜBER DIE VERANSTALTUNG EINER FAKSIMILEAUSGABE

Zwischen der ....
(im folgenden: Die Bibliothek) einerseits

und dem/der ....
(im folgenden: Der Verlag) andererseits
wird nachstehender Vertrag geschlossen, der auch die Rechtsnachfolger der Vertragsschließenden bindet.

§ 1

Der Verlag veranstaltet auf seine Kosten eine vollständige Faksimileausgabe / Teilfaksimileausgabe der Handschrift / des Drucks: (Titel) ....
....
(Signatur) ....(Bandzahl) ....
der Bibliothek (im folgenden: Die Faksimileausgabe) in einmaliger begrenzter Auflage.

§ 2

Der Verlag erwirbt für diese Faksimileausgabe das ausschließliche Recht, so lange sie lieferbar sein wird. Das Recht erlischt spätestens ... Jahre nach Erscheinen der Faksimileausgabe.

§ 3

Die Überlassung des Originals für die Herstellung der Faksimileausgabe erfolgt unter der Voraussetzung, daß das Original in identischer Größe (Originalgröße) und nach bestem Vermögen farbgetreu wiedergegeben wird. Die Blätter / Teile ....
werden aus Kostengründen schwarz-weiß wiedergegeben.

§ 4

Die Einleitung / Der Kommentar / Der begleitende Textband zu der Faksimileausgabe wird von ....
verfaßt / herausgegeben / betreut.

§ 5

Die Handschrift / Der Druck wird zur Ermöglichung einwandfreier Aufnahmen in der Restaurierungswerkstatt der Bibliothek zerlegt / kann aus konservatorischen Gründen nicht zerlegt und aus dem Einband genommen werden. Alle Kosten, die im Zusammenhang mit der Herstellung der Faksimileausgabe für restauratorische Erfordernisse, insbesondere für das Wiedereinbinden zerlegter Originalbände, entstehen, werden vom Verlag übernommen. Der Verlag verpflichtet sich, das Original, soweit es durch eigene Mitarbeiter oder durch andere Firmen in seinem Auftrag benutzt wird, schonend zu behandeln und für Schäden, die durch mangelnde Sorgfalt während der Herstellung der Faksimileausgabe entstehen, aufzukommen.

§ 6

Die zur Herstellung der Faksimileausgabe erforderlichen photographischen Aufnahmen (Direktaufnahmen vom Original / Dias ... × ... cm) werden von der bibliothekseigenen Photostelle / von der Firma ....
....
in den Räumen der Bibliothek / in (Ort) ....
(Straße) ....
auf Kosten der Bibliothek / des Verlags gefertigt.

§ 7

Der Versicherungswert wird für die Handschrift / den Druck / jedes Doppelblatt / Blatt des Originals mit DM .... festgesetzt. Die Versicherung ist bei ....
....
abzuschließen. Die Kosten für die Prämie trägt der Verlag. Eine Verbringung des Originals oder einzelner Teile kann erst erfolgen, wenn die Versicherungspolice der Bibliothek vorliegt.

§ 8

Der Verlag verpflichtet sich, Probedrucke von den Drucktafeln der Bibliothek zur Prüfung, insbesondere zum Vergleich der Farben mit dem Original, vorzulegen und vor der Drucklegung die schriftliche Zustimmung der Bibliothek einzuholen.

§ 9

Die Bibliothek ist als Besitzerin des Originals auf dem Titelblatt der Faksimileausgabe deutlich zu nennen. Die gesamte Titelei sowie Einbandtitel, Rückentitel und Schutzumschlag sind vor der Drucklegung der Bibliothek zur Kenntnis zu bringen. Sie bedürfen in den Teilen, die das Original der Bibliothek und die Bibliothek selbst betreffen, der schriftlichen Zustimmung der Bibliothek.

§ 10

Die technischen Verfahren zur Herstellung der Faksimileausgabe und die Ausstattung, die dem Charakter des Originals Rechnung tragen soll, sind Sache des Verlags. Sie sind jedoch in den wesentlichen Punkten (Druckverfahren, Einband, Beschneidung der Blätter, Hinterlegungsgrund, Vorsatzblätter) zum Zeitpunkt des Vertragsabschlusses mit der Bibliothek bereits besprochen und geklärt worden und werden auch in Änderungsfällen jeweils mit der Bibliothek abgesprochen werden.

§ 11

Auflagenhöhe, Erscheinungstermin, Subskriptions- und Ladenpreis der Faksimileausgabe sind Sache des Verlags.

§ 12

Die Werbung für die Faksimileausgabe und eventuelle Lieferung von Besprechungsexemplaren sind Sache des Verlags. Für die Erstellung von Werbematerial (Anzeigen, Prospekte, Plakate u. a.) stellt die Bibliothek auf Wunsch des Verlags Bildvorlagen und Textentwürfe zur Verfügung. Das Werbematerial soll mit den Teilen, die das Original der Bibliothek und die Bibliothek selbst betreffen, nicht ohne ausdrückliche Zustimmung der Bibliothek herausgegeben werden.

§ 13

Die Bibliothek erhält von der Faksimileausgabe . . . Freiexemplare. Sie ist außerdem berechtigt, weitere Exemplare zum Buchhändler-Nettopreis (Ladenpreis abzüglich . . . . . Rabatt) zu erwerben. Mit den Freiexemplaren, die zum Zeitpunkt der Auslieferung an den Buchhandel an die Bibliothek zu liefern sind, ist der Anspruch der Bibliothek auf Vergütung abgegolten.

§ 14

Die Herstellung der Faksimileausgabe soll im Monat . . . . des Jahres . . . . . beginnen und so gefördert werden, daß sie spätestens . . . . . erscheinen wird. Sollte sich der Beginn der Herstellung um mehr als 2 Jahre nach Vertragsabschluß verzögern, so erlischt der Vertrag, und es bedarf neuer Vereinbarungen zur Fortführung des Planes, falls sie von beiden Vertragspartnern gewünscht wird.

§ 15

Der Verlag wird Rechte aus diesem Vertrag nur mit schriftlicher Zustimmung der Bibliothek an Dritte weitergeben.

§ 16

Nebenabreden zu diesem Vertrag bestehen nicht. Alle Vereinbarungen sind schriftlich festgelegt und bedürfen auch bei Änderungen und Ergänzungen der Schriftlichkeit.

Ort des Gerichtsstands ist . . . .

. . . ., den . . . . (Ort) (Datum)	. . . ., den . . . . (Ort) (Datum)
. . . . (Unterschrift) Bibliothek	. . . . (Unterschrift) Verlag

7. REPRINTS

*Bedingungen für Reprints**

BEDINGUNGEN FÜR DIE LIEFERUNG VON VORLAGEN
FÜR DEN NACHDRUCK (REPRINT) VON DRUCKWERKEN

1. Drucke aus dem Besitz der Bibliothek NN können als Vorlage für Nachdrucke (Reprints) nicht im Rahmen normaler Ausleihe oder Fernleihe zur Verfügung gestellt werden. Das gilt auch für die Lieferung fotografischer Kopien zum gleichen Zweck. Jeder derartige Wunsch ist in Form eines begründeten schriftlichen Antrages vorzulegen. Dabei ist genaue Auskunft über das beabsichtigte Verfahren zu geben.
2. Die Bibliothek macht den Verlag ausdrücklich darauf aufmerksam, daß es in seiner alleinigen Verantwortung liegt, die urheberrechtlichen Vorschriften sowie sonstige Rechte Dritter zu beachten.
3. Drucke, die besonders schonungsbedürftig sind oder einen originalen, einen schützenswerten zeitgenössischen oder einen aus sonstigem Grund erhaltenswerten Einband besitzen, können zur Reproduktion oder der Anfertigung von fotografischen Aufnahmen nicht zerlegt werden.
4. Wird die Erlaubnis zum Zerlegen der Vorlage erteilt, besorgt im allgemeinen die Bibliothek das Auseinandernehmen und Neubinden, eventuell durch eine Werkstätte ihres Vertrauens. Die Wiederherstellung des Bandes erfolgt in gleicher Qualität und Bindetechnik und mit dem ursprünglichen Aufdruck. Die anfallenden Kosten hat der Besteller zu tragen.
5. Soll die Wiedergabe mit Hilfe fotografischer Aufnahmen erfolgen, werden diese in der Regel von der Bibliothek auf Kosten des Bestellers gefertigt.
6. Wird der Druck als Band oder in zerlegtem Zustand von der Bibliothek zur Reproduktion ausgeliehen, hat der Besteller den Abschluß einer alle Risiken einschließenden Versicherung „von Nagel zu Nagel" nachzuweisen. Die Höhe der Versicherung (bzw. einer stellvertretenden Sicherheitsleistung) wird von der Bibliothek festgesetzt. Die Wertangabe umschließt die Kosten für die eventuelle Wiederbeschaffung eines wertgleichen Originals einschließlich aller Nebenkosten.
7. Als Gegenleistung für die Verwendung der Vorlage hat der Besteller bzw. Verleger in der Regel mindestens 2 Belegexemplare des Nachdruckes abzugeben oder auf Wunsch der Bibliothek ersatzweise einen entsprechenden Geldbetrag zu entrichten oder andere Drucke aus seiner laufenden Buchproduktion zu liefern.

* Erstmals veröffentlicht in: ZfBB 25, 1978, S. 210–211 und in: Bibliotheksdienst 1978, S. 16–18. Gegenüber der dort gedruckten Fassung sind Änderungen in Punkt 2, 6 und 10 vorgenommen worden.

Blatt 2

8. Die Vorlage soll möglichst vollständig in Originalgröße und originalgetreuem Aussehen wiedergegeben werden. Jede Verbesserung und Veränderung des Textes, auch jeder Zusatz zu ihm, müssen genau gekennzeichnet sein, desgleichen ein eventueller Veränderungsfaktor zur Originalgröße.
9. Zusätzlich zum vollständigen Faksimile der Titelseite der Vorlage hat der Verleger ein Vortitelblatt oder einen bibliographischen Vermerk beizugeben, die neben einem von ihm frei gewählten Text den Verlegernamen sowie Ort und Jahr der Veröffentlichung des Nachdruckes ausweisen. Die Bibliothek ist dabei als Besitzerin der Vorlage zu nennen, desgleichen ist die teilweise Verwendung anderer Vorlagen deutlich zu kennzeichnen.
10. Die vorstehenden Bedingungen gelten sinngemäß auch für die Herstellung von Auflagen in anderen Reproduktionsverfahren, z. B. Mikroformen. Sie gelten jedoch nicht für die Herstellung einzelner oder einiger weniger Vervielfältigungen.
11. Bei Unica, Rara und besonders kostbaren Drucken behält sich die Bibliothek besondere vertraglich zu regelnde Auflagen für eine gute technische Wiedergabe, eine qualifizierte wissenschaftlich-editorische Betreuung der Ausgabe und eine angemessene Gegenleistung des Verlegers vor. Grundsätzlich gilt dies bei Faksimileausgaben von Handschriften.

8. FILM- UND FERNSEHAUFNAHMEN

Bedingungen für Film- und Fernsehaufnahmen

BEDINGUNGEN FÜR FILM- UND FERNSEHAUFNAHMEN

Bei Aufnahmen von Objekten aus dem Besitz der Bibliothek NN sind vor Beginn der Dreharbeiten folgende Bedingungen durch die Unterschrift eines verantwortlichen und zeichnungsberechtigten Vertreters des Antragstellers anzuerkennen. Auf dem beigefügten Bearbeitungsformular sind die gewünschten Angaben einzutragen.

1. Film- und Fernsehaufnahmen von Beständen der Bibliothek NN stellen keine Normalbenutzung im Sinne der Benutzungsordnung dar. Sie unterliegen besonderen Bedingungen[1].
2. Um die Bestände vor jeder unnötigen Abnutzung zu bewahren, sind nur Aufnahmen für wissenschaftliche und allgemeinbildende Zwecke möglich.
3. Der Antragsteller sollte prüfen, ob die Aufnahmen nicht ebensogut mit Hilfe von seitens der Bibliothek zur Verfügung gestellten fotografischen Kopien der Originale bzw. Faksimileausgaben durchgeführt werden können.
4. Die Aufnahme von Originalen ist grundsätzlich nur in den Räumen der Bibliothek unter Aufsicht eines Bibliotheksangehörigen möglich, dessen Anweisungen hinsichtlich der konservatorischen Schonung der Objekte unbedingt Folge zu leisten ist. Die Drehzeiten werden im Einvernehmen zwischen Bibliothek und Antragsteller festgesetzt.
5. Während der gesamten Dauer der Aufnahmearbeiten muß ein verantwortlicher Aufnahmeleiter anwesend sein, der dafür Sorge trägt, daß keine Beschädigung der Bibliotheksobjekte vorkommen kann. Er ist auch verantwortlich für die Wahrung von eventuell an den aufzunehmenden Objekten bestehenden Urheber- oder Persönlichkeitsrechten.

[1] In den Ländern Baden-Württemberg und Bayern sind Film- und Fernsehaufnahmen staatseigener oder unter staatlicher Verwaltung stehender Gebäude und Anlagen gebührenpflichtig, soweit die Aufnahmen nicht im Interesse der Bibliothek durchgeführt werden (z. B. bei Berichten über Ausstellungen oder die Arbeit der Bibliothek). Vgl. dazu das von der staatl. Liegenschaftsverwaltung des Landes Baden-Württemberg im November 1968 herausgegebene „Merkblatt über die Durchführung von Hörfunk- und Fernsehaufnahmen auf oder in landeseigenen Gebäudegrundstücken, die von der staatl. Liegenschaftsverwaltung des Landes Baden-Württemberg im OF-Bezirk Stuttgart verwaltet werden“ und die „Entschließung über Film- und Fernsehaufnahmen staatseigener oder unter staatlicher Verwaltung stehender Gebäude und Anlagen“ vom 13. November 1970 des Bayer. Staatsministeriums für Unterricht und Kultus (KMBl. 1970, S. 773).
In den übrigen Bundesländern gibt es laut einer Umfrage vom Mai 1979 bei den zuständigen Ministerien und Senatskanzleien und bei den Rundfunk- und Fernsehanstalten keine behördlichen Bestimmungen zur Gebührenpflicht von Film- und Fernsehaufnahmen.

6. Die allgemeinen feuerpolizeilichen Vorschriften sind sorgfältig einzuhalten. Insbesondere ist das Rauchen und der Gebrauch von offenem Feuer in den Aufnahmeräumen strikt untersagt.
7. Um die vorgelegten Objekte vor Erwärmung über die Raumtemperatur zu schützen, sind die erforderlichen Lichtquellen mit Wärmeschutzfiltern zu versehen und nur so kurzfristig wie möglich mit voller Leuchtstärke einzuschalten. Bei der Aufnahme von Handschriften und alten, seltenen oder aus sonstigen Gründen besonders schützenswerten Stücken ist grundsätzlich nur die Verwendung von Kaltlicht und die indirekte Ausleuchtung (z. B. über Styroporplatten, Metallfolien oder Wandflächen) zulässig.
8. Kann der erforderliche Strom nicht über die normalen Steckdosen entnommen werden, so sind die erforderlichen Anschlüsse und Kabelverlegungen nur durch zugelassene Fachkräfte auszuführen. Dies gilt auch bei der Aufstellung von Aggregaten und zugehörigem Gerät des Antragstellers.
9. Der Träger der Aufnahmearbeiten kommt für alle Schäden auf, die der Bibliothek oder Dritten im Zusammenhang mit der Aufnahmetätigkeit entstehen.
10. Die Bibliothek übernimmt keinerlei Haftung für Gerät und Personal des Veranstalters der Aufnahmen. Auch dürfen ihr durch die Aufnahmen keine Kosten entstehen.
11. Bei umfangreichen Aufnahmeprogrammen von Bibliotheksbeständen können Sondervereinbarungen notwendig werden, die u. a. vorsehen: Einsicht in das Drehbuch vor Beginn der Aufnahmen; Nennung der besitzenden Bibliothek im Vorspann, im Nachspann oder sonst an geeigneter Stelle; Beraterhonorar für die Bibliothek; Stellung einer Belegkopie des fertigen Films.

ANTRAG
AUF DURCHFÜHRUNG VON FILM- UND FERNSEHAUFNAHMEN

Vom Antragsteller auszufüllen

Bezeichnung und Adresse der
Film- oder Fernsehgesellschaft: . . . .

. . . .

Titel oder Thema des Films /
der Sendung: . . . .

Charakter des Films /
der Sendung: . . . .

Voraussichtliche
Sendezeit: . . . .

Verantwortlicher
Aufnahmeleiter: . . . .

Drehtag und voraus-
sichtliche Drehdauer: . . . .

Stromkapazität der
Lichtquellen: . . . .

Die ‚Bedingungen für Film- und Fernsehaufnahmen' werden ohne Einschränkung anerkannt.

. . . .

Ort und Datum   Unterschrift

Bemerkungen der Bibliotheksverwaltung

Betroffene Abteilung(en): . . . .

Vorgelegte Objekte
(ggf. Verweis auf Briefwechsel): . . . .

Aufsichtsperson(en): . . . .

9. STATISTIK

Vorbemerkung

Die Deutsche Bibliotheksstatistik (DBS) versendet seit 1976 an einen begrenzten Kreis von Bibliotheken einen Fragebogen „Handschriftliche Materialien", der den Bestand und Zugang von Handschriften, Autographen und Nachlässen erfassen soll. Die Auswertung der eingegangenen Antworten zeigte, daß das Formular in den Rubriken „Handschriften" und „Nachlässe" verbesserungsbedürftig ist, da die Zahlenangaben statistisch nicht voll vergleichbar waren. Deshalb schien eine weiter ausgegliederte und präzisere Fragestellung notwendig zu sein. Auch wurde der Wunsch geäußert, die Aktivitäten der Handschriftenabteilungen, die in der Regel aus Sicherheits- und konservatorischen Gründen auch unikale und seltene gedruckte Materialien mitverwalten, statistisch umfassender darzulegen. So ist der Fragebogen – ausgehend von den praktischen Gegebenheiten der meisten Bibliotheken mit Handschriftenbesitz – von der Kommission überarbeitet und durch die Fragen nach Inkunabeln, Rara und Bildmaterialien sowie nach der Benutzung und der Ausstellungstätigkeit, die sich gemeinsam auf handschriftliche und wertvolle gedruckte Sonderbestände beziehen, erweitert worden. Die Definitionen der Begriffe und Zähleinheiten in den „Erläuterungen" auf der Rückseite entsprechen weitgehend der im September 1978 im Gelbdruck erschienenen Norm Bibliotheksstatistik DIN 1425. Die einschlägigen Abschnitte aus dieser Norm werden anschließend an den Fragebogen wiedergegeben.

Die Kommission empfiehlt, in den Handschriften- und Raraabteilungen künftig die Statistiken ausschließlich nach den vorgegebenen Rubriken des DBS-Fragebogens zu führen. Auch für die Sammlungen der Literaturarchive, die ihrem Wesen nach dieselben Aufgaben wie die Bibliotheken wahrnehmen, sollte der Fragebogen Verwendung finden. Seine Ausgabe ist erstmalig für das Berichtsjahr 1979 vorgesehen.

DEUTSCHE BIBLIOTHEKSSTATISTIK (DBS) 19

Bibliotheksstempel

Identifikations-Nr.

Fragebogen Handschriftliche Materialien und wertvolle Drucke — 1 2

	Bestand am 31.12. Anzahl	lfd. m	**Zugang** im Berichtsjahr Anzahl	lfd. m
Handschriften (abendländische außer Musik)	①*	②	③	④
Musikhandschriften	⑤*	⑥	⑦	⑧
Orientalische Handschriften	⑨*	⑩	⑪	⑫
Autographen	⑬*		⑭	
Nachlässe	⑮*	⑯		
neuerworbene			⑰*	⑱
Ergänzungen			⑲*	⑳
Inkunabeln	㉑	㉒	㉓	㉔
Rara	㉕*	㉖	㉗	㉘
Bildmaterialien	㉙*		㉚	

	Benutzung im Berichtsjahr Anzahl
Lesesaalbenutzer	㉛*
Benutzte Materialien, insgesamt (Entleihungen aus den Sondermagazinen)	㉜
Benutzte Materialien im Lesesaal	㉝
Schriftliche Anfragen insgesamt	㉞
Fotoaufträge	㉟*
Fotografierte bzw. kopierte Objekte	36*
Eigene Ausstellungen	37
Beteiligung an fremden Ausstellungen	38
Für Ausstellungen insgesamt zur Verfügung gestellte Materialien	39

DBS 9/12 1.000

Erläuterungen

In diesem Fragebogen sollen die Materialien gezählt werden, die in einer Sonderabteilung (meist in der Handschriftenabteilung), bei größeren Bibliotheken unter Umständen in mehreren Sonderabteilungen gesondert vom allgemeinen Bestand verwaltet werden. Es sind diejenigen Bestände zu erfassen, deren Benutzung wegen ihres Wertes aus Sicherheits- und konservatorischen Gründen gesondert verbucht wird.

Alle Materialien dürfen nur jeweils in einer der Bestands- bzw. Zugangsrubriken gezählt werden.

①⑤⑨ Unter Handschriften sind handgeschriebene Erzeugnisse in Buchform zu verstehen. Sie sind nach physischen Einheiten, d.h. in der Regel nach Bänden, aber auch nach Faszikeln, Kapseln, Rollen etc. und nach lfd. m zu zählen.

⑤ Musikhandschriften und Musikautographen sind in einer Zahl anzugeben. Sie werden nach physischen Einheiten, wenn erforderlich nach Erwerbungseinheiten (lose Zusammenfügungen von Stimmen u.a. Einzelstücken) gezählt.

⑬ Unter Autographen sind eigenhändige Schrifterzeugnisse mäßigen Umfangs bekannter Persönlichkeiten zu verstehen. Sie sind nach physischen Einheiten, d.h. Manuskripten, Konzepten, Briefen etc. zu zählen.

⑮ Unter Nachlässen sind Ansammlungen von Manuskripten, Korrespondenzen und Lebensdokumenten eines Nachlassers zu verstehen. Auch Sammlungen derartiger Materialien zu einer Persönlichkeit sollen hier angegeben werden. Sie sind nach Komplexen, die unter einem Namen zusammengefaßt und in der Nachlaßreihe selbständig aufgestellt sind, und nach lfd. m zu zählen.

⑰⑲ Bei Zugängen zu Nachlässen ist zu unterscheiden, ob es sich um einen neuen Nachlaß (Rubriken ⑰+⑱) oder um einen neuen Teilnachlaß (Rubriken ⑲+⑳) als eine umfangmäßig relevante Ergänzung zu einem bereits vorhandenen Nachlaß handelt. Die Nachlaßergänzungen erscheinen der Anzahl nach nicht in der Bestandsangabe (Rubrik ⑮), wohl aber dort nach den lfd. m. (Rubrik ⑯). Neuerworbene Einzelautographen, die zu den vorhandenen Nachlässen gestellt werden, sollen nur bei dem Zugang der Autographen (Rubrik ⑭) gezählt werden.

㉕ Unter Rara sind seltene, illustrierte u.a. kostbare Drucke des 16. bis 20. Jhs., Flugschriften, Einblattdrucke, Widmungsexemplare, Einbände u.a. zu verstehen. Sie sind nach physischen Einheiten, d.h. in der Regel nach Bänden und nach lfd. m, zu zählen.

㉙ Unter Bildmaterialien sind die als Sonderbestände aufgestellten Druckgraphiken (z.B. Holzschnitte, Kupferstiche, Lithographien, Exlibris), Zeichnungen, Plakate, Buchumschläge, Ansichtspostkarten u.ä. zu verstehen. Sie sind nach physischen Einheiten zu zählen.

Bildmaterialien sind hier nur zu erfassen, wenn sie nicht im Fragebogen 17, Rubriken ㉞ bis ㊱ erfaßt sind.

㉛ - ㊴ Die Fragen beziehen sich auf alle Sonderbestände, also ohne Untergliederung auf die handschriftlichen Materialien aller Fachbereiche und Sprachen und auf die wertvollen Drucke insgesamt.

㉟ Es sind die Aufträge, das sind in der Regel die Auftragsformulare, zu zählen.

㊱ Es sind die reproduzierten Objekte zu zählen ohne Sicherheitsverfilmung.

DBS 9/12 1.000

*Auszüge aus der Norm DIN 1425 Bibliotheksstatistik**

4.4.3. *Handschriftliche Materialien*

Handschriftliche Materialien sind Handschriften (handgeschriebene Erzeugnisse in Buchform), Autographen (eigenhändige Schrifterzeugnisse mäßigen Umfangs bekannter Persönlichkeiten) und Nachlässe (Manuskripte, Korrespondenzen, Lebensdokumente u. ä., die sich bei einem Nachlasser angesammelt haben). Handschriften und Autographen werden jeweils getrennt nach physischen Einheiten gezählt, Nachlässe nach Komplexen, die unter einem Namen zusammengefaßt sind. Handschriften und Nachlässe sind außerdem nach laufenden Metern zu zählen.

4.4.2.5. *Gedruckte Sondermaterialien*

Für sich aufgestellte Sonderbestände an Inkunabeln, Einbänden, Rara, ... u. ä. werden jeweils nach physischen Einheiten und laufenden Metern gezählt. ...

4.4.4. *Bildmaterialien*

Bildmaterialien werden nach physischen Einheiten entsprechend ihrer Erscheinungsform als Druckgraphiken (z. B. Holzschnitte und -stiche, Kupfer- und Stahlstiche, Radierungen, Lithographien, Ornamentstiche, Exlibris, Bilderbogen), Einzelstücke (z. B. Gemälde, Zeichnungen), Plakate, Ansichtspostkarten, photographische Bilder (vgl. DIN 19040 Teil 1: Begriffe der Photographie. Z. B. Photonegative, Photoabzüge) oder Reproduktionen gezählt. Bilder in anderen Bibliotheksmaterialien, etwa in Büchern, werden hier nicht erfaßt.

4.4. *Bestand, Zugang und Abgang*

Zum Stichtag bzw. für das Berichtsjahr sind Angaben zum Bestand, zum Zugang, zum Abgang und zu den Depots jeweils gesondert für die in Abschnitt 4.4.1 bis 7 genannten Bibliotheksmaterialien in den jeweils geforderten Zähleinheiten zu erfassen.

Als Zähleinheiten kommen in Betracht:
a) physische Einheiten. Damit werden – unabhängig von bibliographischen oder inhaltlichen Zusammenhängen – Bibliotheksmaterialien bezeichnet, die durch buchbinderische oder andere Bearbeitung zusammengefügt sind, z. B. Band, Stück, Rolle usw.
...

c) laufende Meter. Damit wird die Länge der durch Bibliotheksmaterialien belegten Regalböden bezeichnet.

...

Als Bestand gelten alle Bibliotheksmaterialien, die die Bibliothek am Stichtag besitzt.

Als Zugang gelten alle Bibliotheksmaterialien, um die der Bestand durch Kauf, Tausch, Schenkung, Pflichtablieferung oder auf andere Weise im Berichtsjahr vermehrt wurde.

Als Abgang gelten alle Bibliotheksmaterialien, die im Berichtsjahr offiziell aus der Bibliothek ausgeschieden wurden. Depots sind bei der aufbewahrenden Bibliothek zu zählen, sofern nicht das Depot von einer anderen Bibliothek kommt und dort gezählt wird.